L MONDO

21
Zia Honey
Zio Bill
Zio Helmut
13
20
16
24
2
24
Zio Chadwick
25
Raul
26
Zio Ulysses
8
14
Zio Kim
15
Dolores
26
16
Zio Lester
17
Zio Walter
27
Hugo
28
Smilla
18
Zio Tony
19
Nonna Jubilee
20
Zio Chen
29
Romeo

Agatha Mistery

www.deaplanetalibri.it
Redazione: via Inverigo 2 - 20151 Milano

Ideazione e soggetto: Mario Pasqualotto
Collaborazione editoriale: Luca Blengino
Editing: Giovanna Canzi
Collaborazione redazionale: Beatrice Drago
Colore: Francesco Baldassarre
Grafica: Paola Cantoni

Prima edizione ottobre 2019
Catalogo U8101179
ISBN 978-88-511-7413-2
Prima ristampa: giugno 2020
Seconda ristampa: febbraio 2021

Stampa: DRUK-INTRO SPÓŁKA AKCYJNA - Polonia - 2021

Sir Steve Stevenson

Minaccia a Milano

Illustrazioni di
Stefano Turconi

DeAGOSTINI

VENTINOVESIMA MISSIONE

PARTECIPANTI

Agatha
Dodici anni, aspirante scrittrice di gialli, possiede una memoria formidabile.

Larry
Studente pasticcione della prestigiosa scuola per detective Eye International.

Mr Kent
Ex pugile e maggiordomo dall'inappuntabile stile british.

Watson
Gatto siberiano pestifero con il fiuto di un segugio.

Romeo
Biondo, occhi verdi e magnetici. È un fashion blogger famosissimo e il mondo delle passerelle non ha segreti per lui.

Destinazione:
Milano - Italia

Obiettivo

Volare a Milano durante la *Fashion Week* per sorvegliare un prezioso abito realizzato con un tessuto ecologico: qualcuno ha tentato di rubarlo alla famosa Maison Duca!

Inizia l'indagine

Alle cinque di mattina il cielo londinese tardava a rischiarare, come se volesse poltrire ancora un po', tra soffici lenzuola di bruma. Dopo una notte di duro lavoro sui suoi sette computer, Larry Mistery spostò lo sguardo verso le vetrate dell'attico al quindicesimo piano e sfoderò un sorriso trionfante.

«Batteria carica, connessione perfetta, comandi settati» disse. «Non resta che fare una prova su strada!»

Tra cartacce appallottolate, un esercito di tazze vuote, cacciaviti magnetici e diverse vaschette di cibo thailandese per gli spuntini notturni, sul ripiano spiccava un oggetto dalla forma perfettamente quadrata. Non più grande di una scatola di fiammiferi, con minuscole eliche rotanti ai quattro vertici, nessuno lo avrebbe riconosciuto come un concentrato di tecnologia robotica.

Per la precisione: era un drone.

Il quattordicenne pigiò il pulsante di avvio sullo schermo dell'EyeNet. Il drone decollò senza emettere suono e si fermò a mezz'aria in attesa di istruzioni.

«Funziona!» esultò Larry. Poi scavalcò montagne di fumetti e biancheria usata, spalancò la porta a vetri e uscì in terrazzo.

L'aria di settembre era frizzante e gli avveniristici grattacieli del centro sembravano svettanti sequoie di cemento armato.

«Caro FlyNet, vediamo di cosa sei capace» pronunciò il ragazzo mentre digitava sui tasti di controllo. Il suo congegno in titanio era diventato un modernissimo telecomando a distanza. «Tanto per cominciare, proviamo con un bel giro del palazzo!»

Il velivolo schizzò come un calabrone ammaestrato e in un lampo compì un elegante volteggio intorno a Baker Palace. Un istante dopo si librava di nuovo davanti al suo padrone, pronto a eseguire qualsiasi comando.

«Rapido, calibrato e fornito di ogni gadget» commentò Larry in tono ammirato. «Microcamera con visore notturno, microfono, localizzatore GPS... poter provare questo gioiellino è un vero privilegio!»

Da qualche mese la Eye International, la famosa agenzia investigativa presso cui Larry studiava, aveva cominciato a sviluppare il programma FlyNet. Il progetto aveva l'obiettivo di dotare tutti i suoi agenti di un drone sperimentale, e Larry era stato selezionato per testare le potenzialità dei primi prototipi.

In pochi minuti il ragazzo aveva preso familiarità con il nuovo sofisticato strumento. Il FlyNet zigzagò tra i grattacieli, si proiettò in impennate da vertigine e schivò i merli in volo con manovre millimetriche.

«Ma è più facile di un videogame!» ridacchiò il ragazzo. «Uh-oh, forse dovrei andarci piano... se vado a schiantarmi, passerò un grosso guaio!»

L'inflessibile professore di Pratiche Investigative, nome in codice UM60, era stato chiaro. «Il FlyNet non è un giocattolo, detective LM14» aveva tuonato perentorio. «Questi prototipi costano una fortuna! Gli faccia un solo graffio e ne risponderà personalmente, siamo intesi?»

Larry scacciò quel pensiero fastidioso.

«Del resto me la sto cavando alla grande» considerò. «Ora voglio collaudare la microcamera. Mi serve solo un obiettivo da spiare... già, ma cosa?»

Un attimo dopo sul suo volto comparve un sorriso astuto.

«Ma certo! Caro FlyNet, che ne dici di una visitina alla mia cuginetta?» dichiarò. «A quest'ora starà dormendo come un ghiro.»

Appena digitate le coordinate di Mistery House, il drone sparì nel cielo.

Dopo qualche minuto sul video del dispositivo comparve il tetto di tegole blu dell'antica magione vittoriana.

«Eccezionale!» esultò Larry. «Ora scendi un po', diamo un'occhiata da vicino.»

Il FlyNet planò al primo piano. La telecamera inquadrò la finestra della stanza di Agatha, dove il sontuoso letto a baldacchino era già stato rifatto.

«È sveglia?» si stupì il giovane detective. «Strano, cerchiamo più in basso...»

Il drone raggiunse il pianterreno. Ora sullo schermo compariva la dependance di Mr Kent. Il maggiordomo indossava un paio di guantoni da boxe e stava martellando il suo sacco da pugile con una serie di colpi micidiali.

«È un tipo molto mattiniero» sorrise Larry. «Ecco il segreto del suo fisico da peso massimo, un intenso allenamento alle prime luci dell'alba! Uh-oh, di Agatha, però, ancora nessuna traccia...»

Ordinò al FlyNet di ruotare di trecentosessanta gradi. La telecamera gli restituì una panoramica completa del parco. Fu allora che il ragazzo notò le luci accese nella serra.

«Ti ho scovata!» ridacchiò. «Avanti, FlyNet, avvicinati al nuovo obiettivo. Voglio vedere cosa sta architettando la mia instancabile cuginetta.»

In quel momento l'immagine sullo schermo cominciò a tremolare in modo preoccupante. Era come se qualcuno avesse afferrato il drone e lo scuotesse con forza. Sul video si accese una moltitudine di spie di allarme.

«Che succede?» si agitò Larry. «Siamo sotto attacco?»

L'ultima cosa che l'obiettivo inquadrò erano delle fauci spalancate e due scintillanti occhi gialli.

«Non ci credo» strillò il ragazzo. «Quello è Watson! Stupido gattaccio, il mio FlyNet non è uno dei tuoi giochini, mollalo subito!»

Naturalmente, non poteva sentirlo. All'improvviso

sullo schermo del congegno lampeggiò una scritta rossa:

ERRORE! – contatto interrotto! – ripristinare il sistema!

«Per la barba della Regina, adesso come spiego ai miei superiori che il loro prezioso prototipo è stato abbattuto da un siberiano a pelo lungo?» strepitò Larry ricominciando a digitare i tasti dell'EyeNet. In tutta risposta, il congegno emise una serie di trilli.

C'era una chiamata di UM60 in arrivo.

«Oh, no, no, no… avrà già capito che il drone ha fatto una brutta fine!» esclamò Larry nel panico più totale. «Dovrò dire addio alla mia carriera!»

Sullo schermo, l'insegnante sollevò la tesa della bombetta e aggrottò le sopracciglia.

Larry si paralizzò dallo spavento.

«Sveglio di buon'ora, LM14?» disse l'uomo in tono spiccio. «Molto bene. C'è una nuova missione per lei. Destinazione? Milano, in Italia. Partenza? Immediata. Dettagli? Dossier inviato.»

«U-una nuova missione?» ripeté il ragazzo con un filo di voce.

L'insegnante annuì, spazientito. «Qualcuno ha cercato di rubare un prezioso vestito durante la Settimana della Moda, che in questi giorni anima la città...»

«Settimana... della Moda?» farfugliò Larry, sempre più sbalordito.

«Ma insomma, detective, dorme o è sveglio?» lo rimproverò UM60. «Scattare, scattare! E visto che c'è, porti con sé il FlyNet. Sarà un'ottima occasione per testare le sue capacità. Però, glielo ripeto ancora una volta... se lo danneggia non la passerà liscia!»

Il volto del superiore scomparve all'improvviso senza aggiungere una parola. Larry tornò dentro casa per recuperare il trolley da viaggio. Ma adesso? In mezzo alla confusione del suo attico, trovare degli abiti puliti si presentava come un'impresa da vero segugio!

PROFUMO... DI GUAI!

Agatha Mistery sistemò in un cesto di vimini il mazzo di belle di notte appena raccolte. Poi sollevò gli occhi sulla serra in stile liberty che sorgeva accanto a Mistery House: rarissimi esemplari di orchidee si alternavano a crocus e gladioli dai colori sgargianti. Oltre i vetri era ancora buio, ma come tutti i giorni Mr Kent aveva già acceso le luci della sua dependance per allenarsi al sacco da pugile.

La ragazza inspirò. L'odore inebriante dei fiori riempì le sue narici.

«Gli appunti di zia Flora non mentono» si rallegrò.

«La bella di notte, ovvero la *Mirabilis jalapa*, sprigiona la sua fragranza in modo più intenso poco prima dell'alba. Valeva la pena svegliarsi così presto.»

Flora Mistery, come tutti i membri della famiglia, svolgeva una professione curiosa e di gran fascino: esperta di botanica, era un vero e proprio "naso", ossia un'abile alchimista capace di assemblare fragranze creando profumi molto apprezzati dal pubblico. Due giorni prima, mentre metteva in ordine il solaio, Agatha aveva ritrovato un suo vecchio set per distillare le essenze di piante e fiori. C'erano alambicchi, provette, serpentine di vetro e un libriccino dalla copertina di pelle verde bosco con annotate le prime ricette sperimentate dalla stessa Flora.

«Voglio riprodurre uno dei suoi profumi più famosi, l'Acqua di Mistéry N. 1, a base di bella di notte, violetta, noce moscata e liquirizia» dichiarò. «Per fortuna la nostra serra è ben fornita e posso trovare tutti i campioni vegetali di cui ho bisogno!»

Dodici anni, ciuffo biondo e grazioso nasino all'insù, Agatha Mistery era una ragazza sveglia e piena di interessi. Di certo aveva ereditato la passione per gli esperimenti dai genitori, scienziati giramondo sempre in viaggio per le loro ricerche. In quel periodo, Simon e Rebecca Mistery si trovavano sulle coste del Brasile, precisamente sull'atollo di Queimada Grande, noto anche con il sinistro nome di "isola dei serpenti". Si erano recati lì per studiare le rarissime specie di rettili che la popolavano.

«Spero che papà non si faccia mordere da qualche invertebrato troppo velenoso» sospirò la ragazza, colta dal pensiero dei genitori. «La mamma ha sempre pronto un set di antidoti per qualsiasi veleno, ma lui non sopporta le punture!» considerò chinandosi per raccogliere un altro mazzetto.

In quel momento Watson sfrecciò attraverso la porta socchiusa della serra.

Stringeva un indefinito oggetto nero tra i dentini.

«Non avrai catturato un altro pipistrello, vero?» lo rimproverò Agatha prendendolo in braccio.

«Quante volte ti ho detto di lasciare in pace quelle bestiole inoffensive? Se hai fame, posso prepararti una ciotola delle tue crocchette preferite! Basta chiedere...»

Ma osservando meglio la preda, la giovane si accorse che non si trattava di un mammifero alato: il siberiano stringeva in bocca una scatoletta munita di una microcamera e quattro eliche.

«Un drone» commentò esaminando lo strano congegno. «E penso anche di sapere di chi sia. Puoi sentirmi, Larry? Questo scherzetto è opera tua, vero?»

«Sei tu, Agatha?» risuonò la voce del ragazzo. «Uh-oh, la telecamera si è spenta, ma per fortuna i microfoni e le trasmittenti funzionano ancora. Hai fatto centro, cugina: quello è il FlyNet, il mio nuovo gadget da detective. Ehm, a proposito... come hai fatto a capire che appartiene a me?»

«E chi altri avrebbe potuto spedire un drone super-tecnologico alle cinque del mattino a Mistery

House?» rise Agatha. «E per di più tutto ricoperto di ditate della tua salsa thailandese preferita?»

Nulla poteva sfuggire allo sguardo infallibile di Agatha. Da grande sarebbe diventata la più grande scrittrice di gialli di tutti i tempi, ma per il momento, tra un racconto del mistero e l'altro, allenava la sua memoria di ferro e il suo intuito aiutando il cugino nelle indagini che la Eye International gli affibbiava ai quattro angoli del pianeta.

«Ti scongiuro, riportami il FlyNet» si lamentò Larry. «Se lo collego all'EyeNet, potrò riattivare le sue funzioni e farlo ripartire. Io non ho tempo di venire a recuperarlo da voi. Un taxi per l'aeroporto di Heathrow sarà a Baker Palace tra meno di dieci minuti!»

«Nuova missione in arrivo?» suppose Agatha.

«Puoi dirlo forte» rispose il cugino. «Destinazione Milano. Cavoli, sto per partire per una città super-fashion e non ho nemmeno il tempo di prepararmi un guardaroba adeguato! Una bella figuraccia non me la toglie nessuno!»

«Tutto bene, signorina Agatha?» si intromise una voce famigliare.

Mr Kent era comparso sulla porta della serra e fissò la ragazza con una punta di curiosità. Lei gli mostrò il minuscolo drone.

«Questa volta Larry ha scelto un modo piuttosto originale per contattarci» sorrise lei. «A quanto pare sta per partire per Milano, dove lo aspetta un nuovo caso.»

Sul volto impassibile del fidato maggiordomo balenò un'espressione intrigata.

«In questi giorni a Milano si svolge la *Fashion Week*, uno degli eventi di moda più importanti del mondo» dichiarò. «Confesso che avrei sempre voluto assistere a qualche sfilata.»

«Non sapevo che ti interessasse questo settore» ammiccò Agatha con una punta di ironia.

«Diciamo che anni fa ho avuto modo di frequentare una... ehm, persona dell'ambiente» rispose Mr Kent con un leggero inchino. Il suo volto, improvvisamente rosso come un peperone maturo, rivelò che si doveva trattare di una questione di cuore.

I ragazzi non indagarono ulteriormente per non turbare l'insostituibile tuttofare.

«In effetti, questa nuova indagine ha a che fare con il mondo degli stilisti» sospirò Larry. «Questa notte qualcuno ha cercato di rubare un abito dal valore incalcolabile: l'agenzia mi ha incaricato di scoprire l'identità del colpevole. Ora che ci penso... ehm, potreste portarmi il FlyNet direttamente in aeroporto. E poi venire con me! Sarei molto più tranquillo se potessi contare sul vostro aiuto.»

Mr Kent fissò Agatha con aria speranzosa.

Lei lanciò un'occhiata alla cesta di fiori appena raccolti.

«Suppongo che le ricette e gli alambicchi di zia Flora possano aspettare» rifletté. «Piuttosto, sarà meglio che contatti subito zia Mila al telefono. Lei e suo figlio Romeo vivono proprio a Milano e il loro supporto potrebbe essere fondamentale.»

«Con permesso, vado a preparare le valigie» disse Mr Kent, che aveva ripreso il suo impeccabile contegno. Poi girò sui suoi tacchi e uscì dalla serra a grandi falcate.

Agatha ripose il drone del cugino in tasca e si avviò a sua volta verso Mistery House. Watson la seguì trotterellando allegro.

Un abito rivoluzionario

L'aereo prese quota cinquanta minuti dopo. All'orizzonte aveva fatto capolino il sole inondando di luce i tetti di Londra. Il volo per Milano sarebbe durato due ore, a cui occorreva aggiungerne un'altra per il cambio di fuso orario.

Larry si dedicò subito al drone malmesso trafficando con un cacciavite e reimpostando le sue funzioni con l'EyeNet. Solo quando fu certo di avere risolto ogni problema, si rilassò.

«È un prototipo costosissimo… se lo rovino, potrò dire addio al mio futuro lavoro di detective» sospirò sollevato. Poi aggiunse, lanciando un'occhiata furente al trasportino in cui Watson sonnecchiava: «Tutta colpa del gattaccio, come al solito!»

Agatha appoggiò la copia del *Corriere della Sera* che stava sfogliando.

«Non sarebbe successo niente, se non avessi inviato il FlyNet a spiarci» commentò pungente. «Piuttosto, sai dirci qualcosa in più sulla nuova indagine? Se non sbaglio prima hai accennato al tentato furto di un abito.»

Larry aprì il trolley. Dal suo interno fecero capolino i capi di vestiario più assortiti. Calzini a strisce bianche e rosse, una giacca di velluto viola, una tuta tecnica arancione...

«Con tutto quel trambusto, ho riempito il bagaglio alla rinfusa» mugugnò. «Ora che mi metto? Non so nemmeno cosa sia questa *Fashion Week*, ma certo non posso presentarmi a una sfilata con una maglietta macchiata di salsa e dei jeans strappati!»

«La *Fashion Week* di Milano fa parte delle *Big Four*» si intromise educato Mr Kent. «Ossia i quattro principali eventi di moda su scala mondiale. Le altre sfilate sono quelle di Parigi, Londra e New York.»

Larry sembrava stupefatto dalle dettagliate conoscenze del maggiordomo.

«Le prime sfilate si svolsero a Firenze negli anni Cinquanta. Poi negli anni Settanta la moda si spostò a Milano con le prime collezioni di *prêt-à-porter*» continuò lui.

«*Pret*... a che cosa?» strabuzzò gli occhi Larry.

«Significa pronto da portare» spiegò professionale Mr Kent «e indica quegli abiti che non vengono realizzati su misura, bensì sono pronti per essere già indossati da un pubblico più vasto. Di solito gli stilisti presentano le collezioni in alcuni dei palazzi più suggestivi della città. Parteciparvi, a meno di non essere accreditati, è difficilissimo.»

Il giovane detective emise un fischio ammirato.

«Per fortuna che possiamo contare su di te» commentò sistemandosi la zazzera.

«A proposito, signorino, se posso permettermi un piccolo consiglio, indosserei quei pantaloni a gamba stretta color grigio antracite e li abbinerei alla camicia indaco e al blazer di pelle nera» suggerì il tuttofare. «Il risultato sarà sobrio ed elegante, molto adatto per questa stagione.»

Agatha sorrise pensando di avere avuto per anni uno *stylist* in casa e non averlo mai saputo. Dopo un istante tornò seria e incalzò il cugino. «Ora perché non cerchiamo di entrare a fondo nel caso che ci aspetta?» Larry aprì il dossier che UM60 gli aveva inviato.

«Il committente è un certo Ted Barnes, amministratore delegato della Maison Duca… uno dei marchi italiani di alta moda più famosi del mondo» spiegò.

«Lamberto Duca è uno stilista di fama internazionale» ricordò Mr Kent. «Ma da circa vent'anni ha affidato il successo del suo atelier al più giovane Ted, un rampante manager americano.»

Agatha mostrò agli altri la pagina della cronaca mondana del suo quotidiano.

«Non me la cavo benissimo con l'italiano, ma l'uomo ritratto in questa foto, scattata ieri sera in uno dei ristoranti milanesi più esclusivi, è proprio Ted Barnes» disse.

L'immagine mostrava un individuo sui quarantacinque anni, elegantissimo, abbronzato, seduto davanti a un piatto di ostriche e a un calice di champagne. Era accompagnato da una bellissima donna in rosso, probabilmente una modella, dalla carnagione olivastra e dai lunghi boccoli neri.

«Per quanto riguarda l'inchiesta, tutto quello che so è che alle undici dovremo essere a Palazzo Reale» continuò il ragazzo scorrendo i dati sullo schermo del suo congegno. «Nella notte qualcuno si è intrufolato nell'edificio che oggi ospiterà una sfilata di Duca e ha provato a sottrarre dal guardaroba la sua ultima creazione, chiamata "Blue Shell": uno degli abiti più attesi e chiacchierati di tutta la manifestazione, che verrà mostrato in pubblico solo questa sera, durante la cerimonia di chiusura della *Fashion Week*.»

«Non sono certo un'esperta come il nostro Mr Kent, ma ho letto di recente un articolo su quel capo» sorrise Agatha. «Se non sbaglio, è stato disegnato da Lamberto Duca in persona e ha la caratteristica di essere totalmente ecosostenibile. È realizzato con un tessuto rivoluzionario, un'invenzione esclusiva della *maison*. Ottenuto dalla coltivazione della clorofita azzurra, una rara alga marina, è resistente, leggero, morbidissimo e soprattutto a impatto ambientale zero… almeno da quanto si dice.»

«La Maison Duca ha puntato tutto sulla moda green» continuò Larry esaminando l'archivio. «*Primi in tutti i sensi* è lo slogan che Barnes ha inventato per pubblicizzare il lancio di Blue Shell. Qualcuno, però, ha cercato di far sparire l'abito, forse per danneggiare l'immagine della casa di moda. Per fortuna il ladro misterioso è stato messo in fuga, ma Barnes teme che possa tornare alla carica: ecco perché ha deciso di rivolgersi alla Eye International.»

Larry ripose il congegno e sfilò dal trolley i pantaloni grigi e la camicia indaco.

«Scommetto che il mandante del furto è un altro stilista presente alla Settimana della Moda» dichiarò baldanzoso. «Un rivale geloso del successo di Duca, che sta cercando di sabotare il lancio del suo vestito super-ecologico. Sarà un gioco da ragazzi risolvere il caso: basterà interrogare tutti gli stilisti partecipanti per capire chi è il colpevole… e ora, con il vostro permesso, vado a cambiarmi nella toilette. Mi aspettano modelle da sogno!»

Alle dieci e trenta del mattino il gruppo raggiunse la Darsena, il lago artificiale che sorgeva nella zona sud di Milano, alla confluenza di due canali conosciuti come "Navigli".

«I milanesi cominciarono a scavarli nel decimo secolo per collegare la loro città ai principali corsi d'acqua del Nord Italia» spiegò Agatha ammirata. «Il sistema di chiuse che regolava la corrente fu progettato nientemeno che da Leonardo da Vinci!»

Lo specchio d'acqua rifletteva il cielo turchese del mattino. Le sponde erano un continuo viavai di turisti e residenti. Una ragazza con al guinzaglio un golden retriever filò a tutta velocità accanto a Larry.

«Qui la gente sembra ancora più frenetica che nella City londinese» considerò lui con una smorfia. «In effetti, anche noi siamo in ritardo... l'appuntamento con Ted Barnes è tra mezz'ora. Siamo sicuri che zia Mila verrà?»

«Abita proprio sulla Darsena, dove c'è anche il suo atelier» lo rassicurò Agatha. «Mi chiedo solo se avrà il tempo di seguirci. Anche lei dirige una piccola casa di moda: suppongo che sarà piuttosto impegnata con la giornata conclusiva della *Fashion Week*.»

«Mi raccomando, Sandro, la cucitura deve essere a ribattuta doppia!» trillò una voce acuta. «E per lo strascico, ne voglio uno di tipo *Watteau*. Naturalmente abbinato a un sandalo tacco dodici color malva ...»

Davanti ai detective era comparsa un'elegante e minuta cinquantenne in completo di seta color grigio perla. Sfoggiava un vistoso paio di occhiali a lenti rosse e impugnava un cellulare in ciascuna mano. Mentre parlava nel primo, il secondo continuava a squillare furiosamente. I due nipoti corsero ad abbracciare la zia.

«Scusate il ritardo, ragazzi» dichiarò lei chiudendo la chiamata. «Tra meno di un'ora comincia la sfilata della Maison Mistery all'Accademia di Belle Arti di Brera e dobbiamo ancora finire di allestire la passerella, un disastro pazzesco! Non ho tempo di accompagnarvi in giro questa mattina. Però, vi lascio in buone mani: sarà vostro cugino Romeo a farvi da guida.»

Mila Mistery indicò il ragazzo che l'accompagnava. Dimostrava vent'anni: biondo, occhi verdi e magnetici, indossava una camicia a motivo floreale, una giacca di pelle e un foulard annodato al collo.

«Mi ricordo di voi, eravate piccolissimi l'ultima volta che vi ho visti» sorrise. «Se vi serve un cicerone, be', faccio al caso vostro!»

«Dovete svolgere una specie di inchiesta legata alla *Fashion Week*, giusto?» domandò zia Mila. «Romeo è esattamente la persona di cui avete bisogno. È un fashion blogger famosissimo e il mondo delle passerelle non ha segreti per lui!»

«Andiamo, mamma, sono solo un aspirante giornalista!» si schernì lui.

«Non fare il modesto» sogghignò la zia. Poi riprese, rivolgendosi ai due nipoti: «Il sito web di vostro cugino,

Mistery's Fashion, è uno dei dieci più seguiti al mondo. I suoi lettori vanno pazzi per i retroscena, i misteri e gli intrighi che lui racconta tra una recensione e l'altra. Inoltre, è piuttosto celebre tra gli addetti ai lavori: grazie a lui sarà facile guadagnarsi la loro fiducia».

«Un fashion blogger?» ridacchiò Larry. «Pensavo che fosse un mestiere da femminucce! I tuoi amici non ti prendono in giro perché passi tutto il tempo a parlare di lustrini? E le ragazze cosa ne pensano?»

«Oh, sei tu, Romeo!» cinguettò una voce. Accanto al giovanotto era comparsa una bionda da capogiro, armata di cellulare, che subito lo abbracciò. «Possiamo farci un selfie? Sono una super-fan del tuo blog, non mi perdo un post! Dal vivo sei ancora più carino che nelle foto!»

Romeo arrossì di colpo.

Mentre suo figlio si metteva in posa, zia Mila indicò alcuni taxi fermi.

«Ora devo proprio andare» sospirò. «Magari ci vediamo più tardi. Intanto Romeo vi accompagnerà in piazza Duomo, dove si trova anche Palazzo Reale… nel frattempo, potrete spiegargli i dettagli della vostra missione!»

Dopodiché si allontanò a passo spedito.

Assalto al guardaroba

Piazza Duomo era uno zampettare unico di piccioni impegnati a beccare cibo. Sullo sfondo, simili a un ricamo di pietra, svettavano le guglie bianche della cattedrale. A destra, davanti all'ingresso di Palazzo Reale, si era formata una fila chilometrica di giornalisti e invitati che aspettavano con impazienza.

«La sfilata della Maison Duca dovrebbe iniziare a minuti» ricordò Romeo Mistery. «Verranno presentati gli abiti della prossima collezione primavera-estate, la stampa è in fibrillazione.»

Una dinamica trentenne avvolta in un attillato tailleur raggiunse il gruppetto. Il suo paio di occhiali a specchio e l'auricolare le conferivano un'aria da 007 in missione. Afferrò la mano di Mr Kent e la strinse in modo deciso.

«Lei è il detective della Eye International, giusto?» disse spiccia. «Il mio nome è Mabel Morris e sono la segretaria personale di Lamberto Duca, nonché la responsabile della sicurezza delle sue sfilate. Seguitemi.»

«A dire il vero il detective sarei io» dichiarò Larry piccato. Lei lo squadrò scettica, ma non appena il suo sguardo si posò sul cugino magnetico, la sua espressione si addolcì immediatamente.

«Ma tu sei Romeo Mistery, il fashion blogger esperto dei misteri della moda!» esclamò. «Seguo sempre il tuo sito. Accompagnerai questi ragazzini? Allora grazie al tuo intuito scopriremo subito l'identità di quel furfante!»

Poi consegnò a tutti dei pass con scritto *SECURITY* e sgomitò tra la folla fino a raggiungere un ingresso laterale. Il gruppo le rimase incollato, e nel giro di poco Agatha e compagni stavano attraversando i saloni del palazzo.

In una stanza dai sontuosi lampadari, in mezzo a sculture raffiguranti divinità della mitologia classica, era stata allestita la passerella su cui avrebbero sfilato le modelle della *maison*: un semplice tappeto di velluto blu elettrico. Sui due lati gli invitati stavano prendendo posto.

«Di qui si accede al backstage e ai guardaroba» spiegò Mabel spostando una tenda di organza e facendo strada.

Varcando la soglia del camerino, Larry non trattenne un gridolino.

Statuarie modelle, più o meno vestite, si stavano preparando per uscire in passerella. Sarti e truccatori passavano frenetici da una all'altra, per dare

un punto ai loro abiti o un ultimo tocco di gloss sulle labbra.

«Tutto bene, cuginetto?» chiese Agatha. «Sei rosso come una melagrana.»

«Mai visto tante dee in una sola stanza» rantolò lui ravvivandosi il ciuffo.

L'aspirante scrittrice fece un cenno verso un elegantone che stava contemporaneamente parlando al telefono, rispondendo alle domande dei cronisti e dando le ultime direttive ai sarti che ritoccavano i variopinti abiti delle indossatrici.

«Lui è Ted Barnes, corretto?» domandò.

«Come potete vedere è impegnatissimo» confermò Mabel. «Non credo che riuscirete ad avvicinarlo, ma mi ha assicurato che ripone la massima fiducia in voi.»

«Il signor Duca non è presente?» chiese Mr Kent.

«Lamberto Duca non esce mai dal suo ufficio» intervenne Romeo. «È famoso per la sua riservatezza. Pare non ami il contatto con il pubblico: è per questo che vent'anni fa ha incaricato Ted di occuparsi degli affari della *maison*, in modo da potersi dedicare alla sua vera passione, l'ideazione di nuovi modelli.»

«Credo sia il momento di spiegarvi che cosa è successo esattamente» si intromise Mabel indicando una porta. «Ieri sera gli abiti della nuova collezione di Lamberto sono stati portati nel salone del guardaroba. E fra questi c'era anche Blue Shell, il capo più importante della collezione. L'abito, che nessuno ha ancora ammirato, per motivi di sicurezza è stato riposto in un armadietto blindato, dotato di una chiusura a combinazione numerica.»

Larry, come stregato, annuì senza staccare lo sguardo da quelle ipnotiche fanciulle.

«Tuttavia, questa notte, alle tre del mattino, qualcuno si è intrufolato lì, è riuscito ad aprire l'armadio ed è stato sorpreso mentre frugava al suo interno!»

«Chi era a conoscenza della combinazione?» domandò Agatha.

«Solo Lamberto, Ted e la sottoscritta» ammise la donna con una punta di imbarazzo. «Ma nessuno di noi avrebbe una valida ragione per far sparire Blue Shell!»

«Chi ha sorpreso il ladro?» incalzò la ragazza. La responsabile della sicurezza indicò la modella più vicina all'uscita della passerella: una donna statuaria, fasciata in un abito di lamé e con due occhi grigi color acciaio. Un parrucchiere stava sistemando alcuni fili di perle tra i suoi lunghissimi e vaporosi capelli biondi.

«Marina Striknova, ventisei anni, nazionalità bielorussa» spiegò Romeo. «È la modella di punta della Maison Duca e l'attuale musa di Lamberto. Sarà lei a indossare Blue Shell durante l'evento di questa sera.»

«Se volete, potete interrogarla» disse Mabel. «Ma vi consiglio di spicciarvi, tra due minuti l'attende la passerella.»

Larry la raggiunse di corsa.

«Sono il detective incaricato di fare luce sul mistero del tentato furto di Blue Shell» esordì provando a darsi un tono. «Posso farle qualche domanda su ciò che ha visto questa notte?»

La donna non staccò lo sguardo dal tappeto che iniziava ai suoi piedi.

Sembrava concentratissima.

«Dopo cena mi sono accorta di aver dimenticato la borsetta nel guardaroba» rispose dopo un istante. «Così sono tornata qui per recuperarla. All'ingresso c'era una sola guardia, che mi ha riconosciuta e mi ha permesso di entrare.»

Il parrucchiere finì di sistemare le perle.

«Tutti ai loro posti!» tuonò Barnes. «Tra trenta secondi si va in scena!»

«Mi sono aggirata per qualche minuto nelle stanze poco illuminate e ho ritrovato la strada per il guardaroba» riprese l'indossatrice. «Entrando, mi sono accorta che qualcosa non andava: la porta blindata

dell'armadietto di Blue Shell era spalancata e un intruso stava maneggiando l'abito!»

«Per caso ha visto il suo volto?» azzardò Larry.

In quel momento una musica assordante risuonò. La sfilata era cominciata. Marina partì sui suoi tacchi vertiginosi e uscì sulla passerella, dove fu accolta da un applauso scrosciante. La modella avanzò ancheggiando: quando arrivò in fondo al tappeto blu compì una piroetta da danzatrice e tornò indietro.

Tutto era durato pochi istanti. La seconda indossatrice stava già per entrare sotto i flash dei fotografi. Appena Marina si ripresentò dietro le quinte, un paio di assistenti le piombarono addosso e cominciarono a spogliarla per farle indossare l'abito successivo. Vedendo la lingerie della donna, Larry si coprì gli occhi con una mano, paonazzo di vergogna.

«Ehm… quindi ha… notato qualche dettaglio del colpevole?» farfugliò.

«Non ho nemmeno capito se fosse un uomo o una donna» scandì la Striknova senza scomporsi. «Ho intravisto un'ombra. D'istinto ho gridato e sono fuggita, attirando l'attenzione dell'addetto alla sicurezza. Quando siamo tornati lì e abbiamo acceso le luci, l'armadietto era spalancato, ma Blue Shell per fortuna era ancora al suo posto. Dell'intruso, però, non c'erano tracce. Doveva essere fuggito dall'unica altra via d'accesso possibile, un condotto per l'areazione. Questo è tutto quello che so.»

Larry spostò la mano: ora la modella indossava un abito lungo rosso vino. Senza degnarlo di un'occhiata, ripartì a grandi falcate.

Agatha si rivolse a Mabel.

«A questo punto possiamo controllare la scena del crimine?» propose.

Il salone adiacente occupava il guardaroba dove erano custoditi i vestiti della *maison*.

Decine di capi meravigliosi erano appesi a lunghissime pertiche. Nella penombra tessuti pregiati scintillavano di sfumature iridescenti. Al centro della camera c'era un armadio blindato, munito di una manopola a combinazione.

«Questo è un lavoro per il FlyNet» esclamò Larry. «Se quel farabutto ha lasciato qualche indizio, riusciremo subito a scoprirlo!»

Dopodiché sfiorò il touch screen del congegno. Il drone si alzò in volo e compì un largo giro intorno all'armadio. Poi si infilò nell'imboccatura del condotto di aerazione che si affacciava sulla stanza, la strada che secondo Marina aveva preso il ladro per intrufolarsi lì. Dopo qualche secondo, sul volto del ragazzo comparve un'espressione delusa.

«Niente tracce e zero impronte digitali» sospirò. «L'intruso deve aver usato dei guanti.»

«In compenso Watson sembra aver trovato qualcosa» notò Agatha.

Il siberiano si era infilato sotto l'armadio e ne era riemerso facendo tintinnare con le zampine un piccolo oggetto di vetro. L'aspirante scrittrice si chinò per raccoglierlo.

«Una fialetta vuota» constatò. «Larry, puoi analizzarla per capire che cosa conteneva?»

«Forse del trucco o una lozione per i capelli» commentò lui scettico. Poi passò il congegno in titanio accanto al contenitore e aggiunse: «Ci vorrà circa mezz'ora, ma riusciremo senz'altro a capire se è una pista promettente o no».

Il ragazzo cominciò a camminare avanti e indietro.

«Sono sempre più convinto che dietro a questa storia ci sia lo zampino di uno dei rivali di Lamberto» rimuginò. «Qualcuno che voleva far sparire Blue Shell per fargli fare una pessima figura. Romeo, tu di gossip te ne intendi, giusto? Chi sono gli stilisti che detestano di più la Maison Duca e sarebbero disposti a pagare una bella somma per rovinare il suo buon nome?»

«La rivalità è piuttosto comune in questo settore» sorrise il fashion blogger. «Però, non è un segreto che ci siano due concorrenti che non possono soffrire Duca: Ruggero Bernet e Vittorio Altuna. Nelle loro conferenze hanno sempre riservato parole di fuoco per Lamberto e la sua casa di moda.»

Mabel Morris controllò il suo telefonino.

«Secondo gli orari della *Fashion Week* in questo momento si trovano alla Rotonda della Besana, dove stanno per svolgersi in contemporanea le loro sfilate» disse.

«Due piccioni con una fava» gongolò Larry. «Ci basterà andare lì, spremerli per bene e capire chi tra loro ha commissionato l'assalto di questa notte!»

In quel momento Ted Barnes piombò nella stanza, seguito dal solito codazzo di giornalisti. Era pallido come un cencio: prese da parte l'addetta alla sicurezza e parlottò con lei per qualche istante prima di congedarsi.

Larry scoccò alla donna un'occhiata interrogativa.

«Ci mancava anche questa!» esclamò l'assistente. «Ted mi ha appena dato una notizia senza precedenti. Lamberto Duca ha diramato un comunicato stampa che sta già facendo il giro del web: questa sera il grande maestro parteciperà alla sfilata di chiusura della *Fashion Week* e poi terrà una conferenza stampa davanti ai giornalisti!»

«Non mi sembra un gran colpo di scena» commentò Larry scrollando le spalle.

«Stai scherzando, cuginetto?» disse Romeo con un filo di voce. «Duca vive come un eremita: sono vent'anni che non compare in pubblico e non rilascia una dichiarazione alla stampa!»

INDIZI E PETTEGOLEZZI

Larry alzò lo sguardo sul finestrino. Era quasi l'una e sotto i suoi occhi sfilò una serie di locali e ristorantini i cui dehor erano affollati di milanesi che consumavano velocemente il proprio pranzo.

«Spaghetti fumanti e una cotoletta alla milanese! Ecco cosa mi ci vorrebbe ora...» mugugnò, pensando al panino trangugiato in fretta e furia per non perdere nemmeno un secondo di tempo. Lui, sua cugina, Mr Kent, Romeo e Watson sedevano, infatti, su una navetta messa a disposizione da Mabel e diretta alla Rotonda della Besana. Romeo continuava a cercare sul web dettagli sul super-gossip del momento: la conferenza a sorpresa indetta da Lamberto Duca per la sera stessa.

«Anche a me piace rintanarmi nell'attico di Baker Palace» commentò il ragazzo. «Ma davvero quel tizio è rimasto chiuso in casa per vent'anni? Mi pare un tantino esagerato!»

«È uscito l'ultima volta cinque anni fa, quando si è trasferito nel suo nuovo studio in cima a un palazzo chiamato Bosco Verticale» spiegò il fashion blogger. «Pare che sia agorafobico, cioè che abbia paura degli spazi aperti. Rifiuta le interviste e ogni contatto con il pubblico per dedicarsi alla creazione di nuovi abiti.»

«Quindi, ha lasciato a Barnes i lati organizzativi e di relazione del lavoro, giusto?» chiese Agatha.

Romeo annuì: «Di fatto Ted ha pieni poteri sull'azienda. Dovete sapere che vent'anni fa la Maison Duca navigava in pessime acque. Lamberto era in crisi creativa a causa dello stress e i soldi scarseggiavano. Fu proprio il giovane Ted a rilanciare la casa di moda: grazie a una gestione strepitosa e alle sue iniziative pubblicitarie, Lamberto in poco tempo tornò sulla cresta dell'onda. E soprattutto, trovata una persona fidata, poté rinchiudersi nel suo bunker e non pensare ad altro che disegnare i suoi capolavori».

Agatha accarezzò la schiena di Watson, che rispose alla padroncina con una serie di miagolii compiaciuti.

«Mi chiedo perché abbia deciso proprio ora di fare questa uscita imprevista» disse intrigata.

«Se vuoi la mia opinione, credo che Lamberto, ormai settantenne, dichiarerà il suo addio alle scene» commentò Romeo. «Scommetto che tra poche ore annuncerà la sua decisione di affidare ufficialmente la gestione della *maison* a Ted Barnes e si ritirerà per godersi il meritato riposo!»

«E noi... prima di allora, avremo scoperto l'identità del ladro» pronunciò Larry spavaldo. «Il mandante è senz'altro uno di quei due stilisti, Vittorio Altuna e Ruggero Bernet. Dobbiamo solo metterli con le spalle al muro e farli cantare!»

«Siamo arrivati» intervenne l'autista, una donna biondo platino di circa quarant'anni. La navetta si era fermata davanti a un monumentale complesso barocco, circondato da un elegante colonnato. Mentre il gruppo scendeva dal veicolo, la signora rivolse ai clienti un sorriso imbarazzato.

«Lei è Romeo Mistery?» domandò al blogger. «Possiamo farci una foto insieme? Sono una sua fan da sempre!»

«Dovrei aprirmi anch'io un blog» borbottò Larry. «A quanto pare è il modo migliore per fare colpo sulle donne!»

All'ingresso la solita calca di invitati attendeva intrepida di assistere alle sfilate. Superando una transenna, i detective raggiunsero l'entrata e, dopo aver esibito i propri pass, accedettero a un cortile verdeggiante che ospitava alcuni edifici in stile settecentesco. Un tappeto rosso li condusse a quello destinato a ospitare il doppio *défilé* degli stilisti. Non trascorsero che pochi minuti dal momento in cui

Agatha e compagni si affacciarono sul backstage sistemato fra le colonne dell'edificio. Qui le due *maison* si stavano preparando per l'evento.

«Mi sento male» gemette Larry, di nuovo violaceo per la vergogna. «Modelle... modelle ovunque!»

Abiti di ogni tessuto e foggia venivano indossati da slanciate figure dalla bellezza indescrivibile. Una si stava infilando un'ampia gonna a forma di pallone. Un'altra provava un cappello decorato da piume di pavone. Una terza era avvolta in una pelliccia sintetica verde fosforescente.

Dopo aver osservato la scena, Agatha si diresse con passo sicuro verso una ragazza sudamericana di circa vent'anni, dai boccoli corvini e dai magnetici occhi neri. Vestiva un'attillata tuta simile a pelle di serpente.

«Mi scusi, potrebbe indicarci il luogo dove si trovano Vittorio Altuna e Ruggero Bernet?» chiese educatamente.

La giovane le rivolse un sorriso cordiale.

«Io sfilo per Vittorio» spiegò. «Lo troverete alla caffetteria dove sta pranzando. Se volete vi accompagno!»

«Sarebbe magnifico, grazie!» intervenne Larry dando fondo a tutta la sua spavalderia. «È molto gentile da parte sua, signorina, ehm...»

«Lorena Morales, ma puoi chiamarmi Lori, bel

giovanotto» trillò lei. Poi si incamminò mostrando la schiena lasciata scoperta dall'abito. Larry si appoggiò alla cugina per non crollare.

«Mi ha chiamato bel giovanotto» balbettò beato. «Dici che le piaccio?»

«Anche il signor Bernet è in caffetteria?» domandò Mr Kent.

«Oh, suppongo di sì» rise Lori. «Quei due sono inseparabili. La loro vita non è altro che una gara continua per dimostrare chi sia il migliore e abbia più successo. Li trovo adorabili!»

Gli stilisti erano seduti davanti a un tramezzino dietetico di pane integrale. Vittorio Altuna, un piccoletto sui cinquant'anni, indossava una giacca blu oltremare intonata alla montatura degli occhiali. Ruggero Bernet, dieci anni più giovane, sfoggiava un ampio pastrano di piume giallo canarino.

«Voi giovinastri state rovinando il mondo dell'alta moda» borbottava Altuna. «Gli abiti della tua collezione sono ancora più esagerati del solito. Le modelle sembrano bomboniere, e il tuo giallo canarino è fuori moda di un secolo!»

«Parli tu! Il tuo stile è così sorpassato» ghignò Bernet «che sarebbe antiquato persino alla corte di Maria Antonietta!»

«Ripetilo se hai coraggio, pivello!»

«Lo ripeto e lo sottoscrivo, vecchio rottame!»

«Scusate, avete tempo per qualche domanda?» si intromise Romeo con tatto. «Stiamo conducendo un'indagine per conto della Maison Duca e le vostre testimonianze potrebbero essere di grande aiuto.»

I due sfoggiarono un'espressione oltraggiata.

«Lavorate per Lamberto?» sibilò Vittorio. «Quel pallone gonfiato!»

«Quel fallito!» rincarò la dose Ruggero. «Un burattino nelle mani di quell'arrivista di Barnes, che da anni è il vero boss della *maison*.»

«Come pensavo... Tra voi e Duca non corre buon sangue» dichiarò Larry con un sorriso sicuro. «La scorsa notte qualcuno, per sabotare la sua sfilata, ha cercato di rubare Blue Shell, l'abito più prezioso della sua collezione. È mio dovere informarvi che siete entrambi sospettati come possibili mandanti del tentato furto!»

Altuna e Bernet scoppiarono a ridacchiare in un crescendo di gridolini.

«Lo trovate divertente?» protestò Larry.

«Mio caro, non abbiamo nessun interesse a sabotare Lamberto… anzi, assistere al suo *défilé* sarà uno spasso!» spiegò Vittorio.

«Blue Shell sarà un flop micidiale e segnerà la fine di Duca» sentenziò Ruggero. Poi aggiunse, in tono cospiratorio: «Da tempo tra noi addetti ai lavori gira una voce che pare abbastanza fondata. Il rivoluzionario tessuto super-ecologico ricavato dalla clorofita azzurra e che da mesi viene pubblicizzato dalla *maison*, in realtà non sarebbe affatto ecologico, tutt'altro!»

«Cioè... si tratterebbe di una truffa?» chiese il ragazzo dubbioso.

«Una fregatura bella e buona, e prima o poi verrà a galla rovinando la reputazione di quel poveraccio!» gongolò Vittorio.

«Non mi stupirei affatto se il mandante del furto fosse lo stesso Lamberto» malignò Ruggero. «Se facesse sparire quel bidone di abito, almeno eviterebbe una figuraccia clamorosa quando tutti conosceranno la verità...»

«Senza contare che si farebbe un bel po' di pubblicità gratuita!» annuì l'altro.

I due finirono di sbocconcellare i loro tramezzini, poi si alzarono.

«Con il vostro permesso, andremmo ad assistere alle nostre sfilate» dichiarò Altuna. Poi allungò a Larry un biglietto da visita: «Questo è il numero del mio avvocato, se pensi di accusarmi ufficialmente parlane con lui».

Bernet fece lo stesso e lo raggiunse.

Non avevano ancora lasciato la caffetteria, che già avevano ripreso a litigare fra di loro.

Cinque minuti dopo, il gruppo camminava sotto le volte a crociera dell'imponente colonnato di pietra.

Watson saltellava tra i cespugli dando la caccia a passerotti impauriti.

«Ora tutto è chiaro come il sole» esclamò Larry risoluto. «Il mandante è sicuramente Lamberto!»

«Non le sembra di saltare un po' presto alle conclusioni, signorino?» chiese pacato Mr Kent.

«Seguite il mio ragionamento» continuò imperterrito il ragazzo. «Duca e Barnes sono al settimo cielo: hanno scoperto un tessuto super-ecologico e decidono di puntare l'intera immagine della *maison* su questa trovata. Investono energie e denaro per pubblicizzare Blue Shell, quando all'improvviso la realtà frantuma i loro sogni. Hanno preso un granchio, ma ormai è troppo tardi per rivelare alla stampa di mezzo mondo il loro flop. Che fare? Per salvare la faccia, ordiscono una messinscena con i fiocchi e fanno sparire l'abito!»

«In effetti, Mabel, Lamberto e Ted erano gli unici a conoscere la combinazione dell'armadio» intervenne Romeo. «Chi altri avrebbe potuto aprirlo senza scassinarlo?»

«Per esempio qualcuno che sia riuscito a sottrargliela» obiettò Agatha. «Suppongo che l'avessero annotata su un biglietto, o nella memoria dei loro cellulari.»

«La mia ricostruzione non ti convince per niente?» sospirò Larry improvvisamente abbattuto dall'intervento della sua prodigiosa cugina.

Lei si sfiorò la punta del nasino all'insù, come faceva tutte le volte che rifletteva.

«Se il ladro fosse uno di loro, avrebbe potuto entrare a Palazzo Reale passando dall'ingresso principale, come Marina» spiegò. «Perché usare quello scomodo condotto? Comunque, la pista del falso tessuto ecologico va approfondita. Larry, potresti fare una ricerca e capire qualcosa sul luogo in cui è stato prodotto?»

Il ragazzo lanciò un'occhiata allo schermo del suo EyeNet ed emise un grido strozzato. Il congegno gli schizzò dalle mani e fu solo grazie ai riflessi fulminei di Mr Kent che non si schiantò con un tonfo sul pavimento.

«Tutto bene? È impallidito di colpo» osservò il granitico tuttofare.

«Agatha... ricordi la fiala che Watson ha trovato nel guardaroba? Quella che mi hai chiesto di analizzare?» balbettò.

La cugina annuì.

«Il risultato è arrivato mezz'ora fa, ma io ero troppo impegnato con i due stilisti e non me ne sono accorto» continuò lui.

«E quindi?» lo incalzò la cugina.

«Conteneva una dose di uno dei più letali veleni del mondo!»

UN KILLER NELL'OMBRA

Mezz'ora dopo i due ragazzini, il cugino, il gatto e il fidato Mr Kent si trovavano in un taxi che sfrecciava nel traffico milanese, diretto verso piazza Duomo. Larry continuava a scorrere i dati relativi alle analisi che l'EyeNet aveva effettuato sulla fiala di vetro.

«La sostanza contenuta nella boccetta si chiama Agente X-9» spiegò. «Una tossina letale, gettonatissima tra sicari e killer di mezzo mondo. Innocua al tatto, appena entra in circolo non lascia scampo: bastano un graffio o una puntura e... *kaputt!*»

«Davvero spaventoso!» rabbrividì Romeo.

«È un veleno a rilascio lento. Questo significa che ci vogliono almeno due ore perché faccia effetto» continuò Larry, sempre più teso. «Inoltre, è una sostanza che offre molti vantaggi a una mente criminale: provoca gli effetti di un banale arresto cardiaco ed è impossibile trovarne traccia nel sangue dopo che è entrata in circolo. Insomma, è un'arma spaventosa!»

«C'è da chiedersi perché una potente tossina sia finita nel guardaroba della Maison Duca» rifletté Agatha.

«Per la barba della Regina… non ne ho la più pallida idea!» strepitò il cugino. «Ho quattordici anni e non ho esperienza in faccende simili. Dovevo indagare su un classico furto e ora mi ritrovo a dare la caccia a un killer armato di un veleno micidiale!»

«Potrebbe avvisare i suoi superiori» suggerì Mr Kent.

«Ho già dato l'allarme, ma per ora non ho ricevuto alcuna risposta» disse lui mordicchiandosi le unghie. «E poi, cosa potrebbe fare UM60? È chiaro che l'assassino colpirà tra poche ore, il mio superiore non farà in tempo a mandarmi rinforzi. Non ci resta che correre ad avvertire Mabel. Uh-oh, e se il sicario stesse per entrare in azione proprio ora? Che situazione da incubo!»

«Cerchiamo di ragionare» lo calmò Agatha. «Per ora conosciamo l'arma del delitto, ma ignoriamo l'identità dell'omicida, il suo movente, con quale strategia intende colpire e soprattutto chi sarà la vittima designata!»

«Su questo non ho dubbi» intervenne Romeo tetro. «Chi comparirà in pubblico dopo vent'anni di isolamento? Chi uscirà dal suo attico super-sorvegliato diventando un bersaglio?»

«Lamberto Duca, il patron della *maison*!» si illuminò Larry. «Il nostro assassino sta architettando un piano per farlo fuori durante la sfilata di chiusura della *Fashion Week*! Tassista, fermi subito l'auto!»

Il guidatore inchiodò immediatamente.

Agatha e gli altri guardarono il giovane detective con aria perplessa.

«Finché sarà nel suo appartamento, Lamberto non correrà rischi» ragionò lui. «Bisogna convincerlo a rinunciare alla sua uscita prevista per questa sera!»

«Non avevi detto che avremmo dovuto avvisare la Morris e Ted Barnes del pericolo che correva il loro capo?» domandò Romeo disorientato.

Larry scosse la testa. «Non mi fido abbastanza. E se proprio uno di loro fosse a capo della cospirazione per liquidarlo?» insinuò. «Per ora è meglio non far trapelare i nuovi indizi raccolti: potrebbero allarmare l'omicida. Secondo me è più sicuro contattare personalmente Lamberto, avvertirlo che la sua vita è in pericolo e spingerlo a cambiare programma! Romeo, dove hai detto che si è trasferito qualche anno fa?»

«Nell'attico del Bosco Verticale, un grattacielo poco lontano da piazza Gae Aulenti» rispose il blogger. «Tra l'altro è lo stesso luogo dove alle sei si svolgerà la cerimonia in cui Blue Shell verrà mostrato in pubblico.»

Il taxi fece un'inversione a U tra lo strombazzare dei clacson. Pochi istanti dopo stava filando in direzione opposta.

L'ultramoderna piazza Gae Aulenti era situata a sei metri d'altezza rispetto al livello della strada e la si poteva raggiungere tramite delle sinuose rampe a spirale. Tutto intorno, le facciate a specchio di modernissimi palazzi riflettevano la luce calda del pomeriggio.

Nella piazza fervevano i preparativi per la manifestazione conclusiva della *Fashion Week*: al centro si snodava la passerella che avrebbe ospitato l'ultima sfilata, e un gruppo di operai stava montando il palco per i giornalisti e gli ospiti d'onore. Agatha indicò una strana coppia di grattacieli le cui pareti sembravano ricoperte da una foresta rigogliosa.

«Ecco il Bosco Verticale» disse. «Ho letto qualche cosa su quell'edificio: fu ideato nel 2009 dall'architetto italiano Stefano Boeri e le sue facciate ospitano ben novantaquattro specie vegetali diverse, per un totale di più di duemila tra piante e arbusti! Pensate che sempre nel 2014 ha vinto il primo premio in una competizione internazionale che stabilisce quale sia il grattacielo più bello e innovativo del mondo.»

«L'atelier di Lamberto si trova all'ultimo piano della torre E, la più alta» sottolineò Romeo. «Possiamo raggiungerlo con l'ascensore, ma temo che l'ingresso del suo appartamento sia sorvegliato.»

«Ci inventeremo qualcosa» disse Larry nervoso. «L'importante è avvisare Duca che qualcuno vuole fargli la pelle!»

Dopodiché, si incamminò verso le due torri verdeggianti.

Trascorsi dieci minuti, il gruppo usciva dall'ascensore che conduceva alla sommità del palazzo. Davanti a loro si apriva uno stretto corridoio, che svoltava a destra dopo qualche metro. Guardando fuori i ragazzi provarono una strana sensazione: pur essendo al ventiseiesimo piano, le fronde degli alberi, i fusti e i cespugli davano loro l'impressione di trovarsi ancora a livello del terreno.

«Sembra la vista dalle vetrate del mio attico quando mi dimentico di potare le piante sul terrazzo» ridacchiò Larry. Poi lanciò in aria il FlyNet. Il piccolo drone attraversò in silenzio il corridoio e svoltò l'angolo. Poco dopo iniziò a trasmettere.

«Avevi ragione, Romeo» bisbigliò osservando il video. «L'ingresso dell'appartamento di Duca è sorvegliato da un bodyguard dall'aria bella tosta. E ora come facciamo a passare?»

Come se avesse capito tutto, Watson iniziò a grattare una delle porte a vetri che si affacciavano sui terrazzi. Appena Agatha aprì un piccolo spiraglio, il siberiano sgusciò fuori e si arrampicò sul tronco di un leccio.

Poi, con un agile balzo, si appese a un rovere e infine sparì tra il fogliame di un pero.

«Si può sapere che cosa sta facendo quella peste di gatto?» mormorò Larry. «Siamo a cento metri d'altezza, finirà spiaccicato!»

«Dai un'occhiata allo schermo dell'EyeNet» suggerì Agatha strizzandogli l'occhio.

La guardia era ancora al suo posto, ma dopo qualche istante voltò la testa verso la vetrata alla sua destra, richiamato da un miagolio lamentoso. Ora il felino era appeso al ramo di un albero e muoveva la coda per attirare l'attenzione del custode.

«Caspita, è successo di nuovo» sospirò l'omone. «Uno dei gatti del signor Duca è fuggito e si è messo nei guai. Questo è un lavoro per il vecchio Cesare!»

Dopodiché si rimboccò le maniche, uscì in terrazzo e si arrampicò sul tronco per raggiungere Watson, sparendo tra il fogliame.

Agatha, Larry, Mr Kent e Romeo si incamminarono lungo il corridoio in punta di piedi e sfilarono silenziosamente alle spalle del guardiano.

Oltre la porta a vetri c'era un'ultima rampa di scale.

«Non ci credo, sto per entrare nello studio segreto di uno degli stilisti più famosi del mondo» sussurrò Romeo ammirato. «Per *Mistery's Fashion* sarà uno scoop formidabile!»

«Larry, se riesci a nascondere il FlyNet da qualche parte nell'atelier e attivarlo in seguito, potremmo raccogliere qualche indizio» suggerì Agatha.

«Tecnicamente sarebbe spionaggio» rimuginò il ragazzo. «Ma si tratta pur sempre di un'emergenza, visto che c'è una vita in ballo. D'accordo, cuginetta, mi hai convinto!»

Il gruppo percorse gli ultimi gradini e attraversò un'altra porta.

Larry non riuscì a trattenere un'espressione stupita.

«Ora capisco perché la guardia sembrava riconoscere Watson» mormorò.

Nella stanza c'erano ben undici siberiani a pelo lungo, quasi identici all'abitante di Mistery House.

La carica degli undici siberiani

Più che l'atelier di uno stilista, quella di Lamberto Duca sembrava la bottega artigianale di un sarto di altri tempi. La stanza era ingombra di scampoli variopinti di diversi tessuti, manichini e cartamodelli. In un angolo c'era un tavolo da disegno e le pareti erano coperte di disegni realizzati a mano. L'unica concessione alla modernità era un computer spento su una scrivania coperta di barattoli di bottoni.

Larry non riusciva a staccare gli occhi dalla colonia di gatti. I siberiani zampettavano ovunque, rincorrevano un gomitolo o sonnecchiavano su pile di cuscini di seta cangiante.

Uno si avvicinò al ragazzo e cominciò a strusciarsi affettuosamente sui suoi talloni.

«Se non sono indiscreto, posso sapere cosa ci fate qui?» chiese una voce.

Lamberto Duca era comparso all'improvviso e scrutava i nuovi arrivati con aria perplessa. Fisico asciutto, testa rasata e pizzetto candido, dimostrava meno della sua età.

Indossava una semplice maglietta bianca e un paio di jeans.

«Ci scusi, signor Duca, siamo entrati senza permesso, ma dobbiamo parlarle di una questione importantissima» si affrettò a spiegare Larry.

«Cesare ha di nuovo lasciato il suo posto… è così distratto!» sospirò lo stilista. Poi aggiunse, fissando il fashion blogger: «I miei saluti, Romeo Mistery. Conosco la tua pagina, ma come saprai non rilascio interviste, spiacente».

«Non siamo qui per intervistarla, ma per avvisarla che la sua vita è in pericolo» ribatté Agatha. L'uomo si grattò la nuca.

«Be', visto che ci siete accomodatevi» concesse. «Ho appena preparato un caffè alla napoletana, ne volete una tazzina?»

Poco dopo il gruppo si era accomodato su eleganti poltrone di pelle.

Agatha e Larry spiegarono la situazione.

«Deve rinunciare alla sua apparizione prevista per questa sera» dichiarò il ragazzo. «Qualcuno cercherà di assassinarla e non siamo certi di riuscire a risalire all'identità del killer prima della serata.»

Lamberto Duca fissava il panorama dalle vetrate dello studio.

Vista da lassù, piazza Gae Aulenti sembrava un formicaio.

«Non avete idea di quanto mi terrorizzi il pensiero di affrontare la folla» ruppe il silenzio. «Ma non tornerò indietro, nemmeno dopo aver ascoltato questa storia. Ho tenuto la bocca chiusa per troppo tempo, lasciando che altri occupassero il mio posto e facessero il bello e il cattivo tempo nella mia casa di moda. Tutto questo da stasera finirà!»

Agatha si guardò intorno pensierosa. Il suoi occhi iniziarono a vagare indugiando ora su un dettaglio, ora su un altro, fino a quando la sua attenzione fu attirata da una foto appesa al muro. Su una spiaggia paradisiaca Lamberto posava accanto a una bellissima donna mulatta e una bambina di circa due anni.

«Può almeno dirci cosa dichiarerà di tanto importante?» chiese Larry sconsolato.

«Spiacente, il mio discorso è top secret» sorrise lui. «Ho deciso che sarei uscito allo scoperto solo questa mattina: nemmeno i miei collaboratori più fidati sanno ciò che dirò. Ma vedrete, sarà una sorpresa clamorosa.»

«Si può sapere che ci fate voi qui?» strillò una voce.

Sull'ingresso dello studio era comparsa Mabel Morris. Scrutava il gruppo con aria sbalordita.

Dietro di lei c'era Cesare, che teneva fra le braccia Watson. Il siberiano si divincolò e raggiunse la sua padroncina, fissando incuriosito i suoi undici simili che scorrazzavano nella stanza. «Mi scusi, signor Duca, queste persone hanno approfittato di un mio momento di distrazione per intrufolarsi» balbettò confuso. «Provvedo subito a metterli alla porta!»

«Oh, non è il caso, sono così simpatici!» rise lo stilista. «E poi a quanto pare hanno una storia curiosa da raccontare.»

Larry spiegò ai nuovi arrivati a quali conclusioni erano giunti, mentre Agatha mostrava a Mabel la fialetta ritrovata quel mattino nel guardaroba. La donna sollevò le lenti a specchio e squadrò il datore di lavoro con gli occhi sgranati.

«Lamberto, questo cambia tutto» sbottò. «Se qualcuno sta davvero cercando di attentare alla tua vita, non puoi presentarti alla sfilata! Mancano appena due ore, non riuscirò mai a organizzare la security e a garantire la tua incolumità.»

«Giammai, cara Mabel» rispose lui irremovibile. «Anche perché sono certo che questi ragazzi abbiano preso un abbaglio.»

Tutti lo fissarono stupefatti. Lo stilista allargò le braccia.

«Perché qualcuno dovrebbe farmi fuori?» ridacchiò. «D'accordo, le rivalità e le antipatie tra gli addetti ai lavori non mancano mai, ma non credo che ci sia una persona che mi detesti a tal punto da volermi morto.» Poi aggiunse, rivolto a Larry: «Giovanotto, sei certo di non aver sbagliato le tue deduzioni?»

«Uh-oh… Be', non saprei» sussurrò lui abbassando gli occhi.

«Fidatevi, non ci sarà nessun omicidio e la sfilata sarà un successone» concluse Lamberto facendo un grattino sul collo di Watson. «A proposito, ora devo prepararmi. Quindi vi chiederei gentilmente di lasciarmi solo.»

Mabel si accomiatò dal gruppo in piazza Gae Aulenti.

«Lamberto mi farà impazzire!» borbottò allontanandosi. «Ho meno di due ore per inventare un piano in grado di proteggerlo. Come farò?»

«Quel tipo è cocciuto come un mulo» commentò Larry. «Ricapitolando: la vittima designata rifiuta di collaborare e noi non abbiamo uno straccio di indizio sull'identità dell'assassino. Insomma, siamo a un punto morto!»

«Se vogliamo scoprire chi vuole attentare alla vita di Duca, dobbiamo ragionare sul movente»

riflettè Agatha. «Larry, hai notato il computer nello studio di Lamberto? Di certo contiene un bel po' di informazioni sulla *maison*. Non potresti forzare la sua memoria e cercare qualche notizia in grado di aiutarci a individuare l'assassino?»

«Sarebbe un giochetto da ragazzi, se non fosse spento» mugugnò lui. «Anche se... a pensarci bene, posso sempre accenderlo da qui!» si illuminò il ragazzo.

Il detective cominciò a digitare sul touch screen dell'EyeNet.

Gli altri si avvicinarono. Sul video era comparsa un'immagine.

«È lo studio del signor Duca» commentò Mr Kent laconico.

«Cara cugina, sono stato molto astuto» sogghignò il ragazzo. «Entrando nell'atelier ho fatto cadere il FlyNet in un cestino. Ora posso farlo volare fino al computer e premere il tasto di accensione!»

Nella stanza non c'era nessuno. In lontananza si sentiva lo scrosciare di una doccia e Lamberto che canticchiava *Nessun dorma,* il celebre brano di un'opera di Puccini.

«Uh-oh, e ora che succede?» mormorò Larry.

La telecamera del drone inquadrava gli undici siberiani dello stilista. Tutti fissavano ipnotizzati il curioso oggetto che si era librato a mezz'aria. Senza preavviso il più vicino spiccò un balzo e cercò di colpirlo con la zampina.

Larry la schivò all'ultimo premendo una combinazione di tasti sul congegno.

«Non ci posso credere!» sbraitò. «Anche loro, come Watson, hanno un debole per il mio drone!»

«Ne arriva un altro!» esclamò Romeo indicando lo schermo. Un secondo felino, dopo essersi arrampicato su uno scaffale, si era lanciato per acchiappare il gingillo volante.

Larry gli fece compiere un'elegante piroetta ed evitò anche il nuovo affondo.

«Con chi credete di avere a che fare, gattacci?» disse sicuro. «Sono un asso dei videogiochi, non mi farò certo intimidire da un branco di palle di pelo!»

Poi cominciò a pigiare con ancora più foga sullo schermo del congegno. Il FlyNet zigzagò nella stanza, girò intorno a un manichino ed evitò uno dopo l'altro i siberiani che schizzavano in tutte le direzioni cercando di abbatterlo.

Alla fine raggiunse il computer dello stilista. Fu sufficiente farlo atterrare sul tasto di avvio per accenderlo. Un ultimo gattone piombò sulla tastiera rovesciando i barattoli di bottoni, ma il FlyNet schizzò fino a una presa d'aria vicino al soffitto.

L'EyeNet emise un sonoro *BIP!*

«Sta già scaricando la memoria degli archivi di Lamberto!» esultò Larry.

«Puoi controllare la sua corrispondenza?» domandò Agatha. «Potrebbe contenere qualche mail interessante.»

«Interessante? Vorrai dire scottante!» esclamò lui dopo un secondo. «Da quello che si può dedurre dai loro ultimi scambi, Lamberto Duca e Ted Barnes sono ai ferri corti per la faccenda di Blue Shell.»

Tutti si strinsero intorno al ragazzo, che continuava a scorrere i messaggi.

«Le insinuazioni di Altuna e Bernet erano corrette» continuò lui. «Dopo qualche indagine approfondita, è emerso che il tessuto a base di clorofita azzurra di cui la *maison* va tanto fiera, non solo non è biodegradabile… ma produrlo ha un impatto ambientale altissimo. Insomma, Blue Shell è una truffa bella e buona!»

«E quei due vogliono tenerlo nascosto» commentò Romeo.

«Solo Barnes» lo corresse Larry. «Preso dai rimorsi, Lamberto chiede più volte al suo amministratore di bloccare la produzione, dichiarare la verità e scusarsi per l'errore commesso. Ted, però, ha un'altra opinione. Vuole insabbiare la vicenda, nascondere le prove e continuare la campagna pubblicitaria della nuova linea green.»

«E a quel punto Lamberto come reagisce?» domandò la cugina. «In fondo è ancora lui il proprietario della casa di moda...»

Per tutta risposta Larry le mostrò l'ultimo messaggio di Barnes, ricevuto proprio quel mattino:

Vecchio mio, negli ultimi anni hai firmato troppe carte e mi hai dato troppo potere.

Ormai alla Maison Duca comando io, ed è meglio che tu te lo metta in testa.

Quindi si farà come dico io. Nessuno dovrà sapere la verità su Blue Shell.

Larry cominciò a camminare in tondo.

«Il mandante dell'omicidio è Barnes!» esclamò. «L'amministratore ormai tiene le redini dell'azienda ed è riuscito ad averla vinta su Duca: Blue Shell sfilerà. A quel punto Lamberto, preso dai rimorsi, decide di apparire in pubblico e tenere la conferenza stampa. Tra poco più di un'ora affermerà davanti a tutti che Blue Shell è un bidone e Ted un truffatore. Quindi, quest'ultimo non ha scelta: decide di farlo fuori prima che denunci la verità e metta fine alla sua carriera!»

«Una ricostruzione impeccabile, se posso permettermi» disse Mr Kent.

Agatha però sembrava scettica. Osservava i preparativi per la sfilata imminente. Gli operai avevano finito di montare la tribuna che avrebbe ospitato i giornalisti e gli invitati. Nel mezzo c'era un palco d'onore, con un posto a sedere al centro e altri due ai lati. I primi addetti ai lavori avevano già iniziato a entrare nel tendone che avrebbe fatto da backstage per le modelle e gli stilisti.

«Ormai conosco quell'espressione, cuginetta» borbottò Larry. «Fammi indovinare, nella mia ipotesi c'è qualcosa che non torna?»

«Sì, ma non ho ancora capito cosa» ammise lei mordicchiandosi un labbro.

«Ciò che è sicuro, è che al momento non abbiamo abbastanza prove per accusare Barnes» sospirò Romeo. «Bisogna smascherarlo, e per riuscirci dobbiamo capire ancora una cosa: come pensa di colpire?»

«L'Agente X-9 funziona se entra a contatto con il sangue» rammentò Larry. «Quindi, il killer dovrà ferire Duca con un oggetto appuntito imbevuto nel veleno. Magari un dardo lanciato da qualcuno nascosto tra il pubblico? O appostato a una delle finestre dei grattacieli che si affacciano sulla piazza?»

«Riuscirci senza farsi notare sarà comunque un'impresa» obiettò il fashion blogger. «Alla sfilata assisteranno migliaia di persone e verrà ripresa e fotografata da un'infinità di telecamere di sicurezza e di cellulari personali. Colpire e darsi alla fuga senza farsi individuare sarà impossibile.»

Agatha continuava a far passare lo sguardo dalla passerella al posto d'onore.

«Per capire in che modo vuole agire il killer, dobbiamo chiederci cosa è successo *realmente* questa notte nel guardaroba» disse. «Perché la fiala vuota si trovava lì? Cosa stava facendo l'intruso sorpreso da Marina mentre, a suo dire, cercava di sfilare Blue Shell dall'armadio?»

«Uh-oh, dove vuoi arrivare?» chiese Larry.

«Quello di stanotte non è stato un tentativo di furto» lo fulminò lei. «Il "ladro" non voleva sottrarre il vestito: era lì per nasconderci l'arma del delitto!»

Il giovane detective si grattò i capelli.

«Qualcosa di piccolo, leggero e appuntito, nascosto tra le pieghe dell'abito e imbevuto di tossina» continuò lei. «Un oggetto che Marina porterà a sua insaputa a una distanza minima da Lamberto e capace di scattare automaticamente in sua presenza e colpirlo con precisione. Ma che tipo di arma potrebbe rispondere a una descrizione del genere?»

In quel momento, terminata la sua missione, il FlyNet fece ritorno da Larry e si appoggiò sulla sua spalla, mettendosi in standby.

«Conosco la risposta» mormorò il ragazzo. «Ted userà un drone killer nascosto su Blue Shell, caricato con una dose di Agente X-9 e programmato per riconoscere la vittima e attivarsi quando Marina arriverà in fondo alla passerella!»

Battaglia tra droni

Seguendo Romeo, il gruppo imboccò l'ingresso della fermata della metro di Porta Garibaldi. Vista l'ora di punta, il treno era affollatissimo: oltre a impiegati e studenti, il vagone accoglieva alcune top model da sogno. Ninfe dalle gambe lunghissime strette in jeans attillati e t-shirt striminzite ascoltavano la musica con le cuffie, incuranti degli sguardi ammirati degli ospiti del vagone.

Lo stesso Larry, imbambolato al cospetto di tanta bellezza, si riprese solo grazie a un affettuoso buffetto della cugina che gli ricordava il motivo per cui si trovava in Italia.

Richiamato all'ordine, il ragazzo avviò subito una ricerca sull'EyeNet, mostrando poi ai compagni gli schemi di costruzione di una macchina simile a un insetto meccanico.

«Si chiama Black Mosquito» spiegò. «È un drone di ultima generazione progettato per scopi offensivi. Grosso come una cimice, ultraleggero e munito di un pungiglione in grado di iniettare una dose di veleno. Possiede una microcamera ed è dotato di un programma di riconoscimento facciale.»

«Quindi, può individuare il bersaglio tra la folla e attaccarlo in automatico» considerò Romeo.

«Solo se si trova a cinque metri da lui» precisò Larry. «Il suo raggio d'azione è limitato… in compenso, dopo aver svolto la sua missione, si autodistrugge con una piccola fiammata, senza lasciare tracce!»

«Cinque metri è la distanza che separa il fondo della passerella dal palco dove siederà Lamberto» ragionò Agatha. «Quando Marina arriverà lì indossando il Blue Shell, la trappola scatterà e per la vittima non ci sarà scampo.»

«Tutto questo non accadrà se riusciamo a rimuovere il drone dal vestito» disse Larry, più determinato che mai. «Inoltre, se potessi scansionarlo prima che si disintegri, potrei capire chi lo ha programmato… sarebbe la prova che incastrerebbe Barnes!»

Poco dopo i quattro e il gatto arrivarono a destinazione.

Le guglie del Duomo, immerse nella luce del pomeriggio, sembravano un tessuto a merletto che la mano di un mago aveva di colpo trasformato in pietra.

La piazzetta di Palazzo Reale assomigliava, invece, a un formicaio: operosi e instancabili, gli addetti ai lavori portavano avanti e indietro bauli di vestiti e scarpe. Dopo aver attraversato i saloni a passo spedito, Agatha e gli altri raggiunsero il guardaroba. La metà degli abiti era già stata imballata, ma l'armadio che custodiva Blue Shell era ancora al suo posto.

«E ora che si fa con la combinazione?» chiese Larry battendo le nocche sul portello di metallo. «Mr Kent, pensi di riuscire a forzarlo?»

«Che state farneticando?» domandò una voce dal forte accento americano.

Sull'ingresso era comparso Ted Barnes, che scrutava il gruppo con aria sospettosa.

Watson emise un ringhio sommesso.

«Vorremmo dare un'occhiata a Blue Shell» rispose Agatha senza perdere la calma.

«Scordatevelo» sibilò l'amministratore. «Nessuno può ispezionare quel vestito prima che sfili in passerella. Potreste sciuparlo.»

«Ovvio che non vuole mostrarcelo» bofonchiò Larry sottovoce. «Teme che possiamo fermare la sua macchinazione omicida!»

Barnes si avvicinò all'armadio con passo sicuro. Poi fece ruotare la manopola un paio di volte, finché non si sentì un leggero *click*. L'armadio era vuoto.

«Blue Shell non è più qui» ghignò trionfante.

«È già in viaggio verso piazza Gae Aulenti, dove Marina lo aspetta per l'ultima prova.»

Larry e Romeo si scambiarono un'occhiata di panico. Ted controllò l'orologio.

«È il momento di andare a prendere posto accanto a Lamberto» dichiarò. Poi squadrò freddamente i detective e aggiunse: «Mi avete deluso. Non solo non avete cavato un ragno dal buco, ma, senza alcuna autorizzazione, vi siete introdotti nell'atelier di Duca. Siete licenziati. Dirò alla sorveglianza di impedirvi l'accesso ai camerini dell'ultima sfilata. Più tardi scriverò una lettera di protesta formale alla Eye International!»

Lanciate queste parole sprezzanti, girò sui tacchi e si allontanò.

Larry si appoggiò all'armadio vuoto.

«Che razza di verme!» sbottò. «Ci ha battuti sul tempo! E ora come lo fermiamo?»

«Intanto torniamo in piazza Gae Aulenti» propose Agatha. «Possiamo ancora provare a recuperare il drone killer. Prima, però, devo chiederti una cosa, Romeo.»

Il fashion blogger lanciò un'occhiata interrogativa alla ragazza.

«Vorrei che durante il viaggio facessi una ricerca con il tuo telefono. Un esperto di storia della moda come te saprà certo rispondere a una domanda che mi frulla in testa da qualche ora… e che potrebbe gettare una luce nuova sulla vicenda!»

Alle sei il gruppo uscì dalla metro e si precipitò in piazza.

Il tramonto incendiava le pareti a specchio dei palazzi.

Mr Kent si fece largo tra la calca permettendo ai ragazzi di raggiungere le transenne che si affacciavano sulla passerella. La sfilata era cominciata e le indossatrici andavano avanti e indietro a ritmo frenetico. Gli spalti erano gremiti e una pioggia di flash circondava il posto d'onore in cui sedeva Lamberto Duca.

Ted Barnes si era accomodato alla sua destra, mentre Mabel Morris camminava lungo il perimetro, impartendo ordini nel microfono del suo auricolare.

«Tutti gli stilisti invitati alla *Fashion Week* faranno sfilare un solo vestito, il migliore delle rispettive collezioni» spiegò Romeo. «Ma, secondo il programma, Blue Shell sarà l'ultimo a comparire. C'è ancora un po' di tempo prima che arrivi il turno di Marina.»

Poi ricominciò ad avanzare tra la folla per raggiungere l'ingresso del tendone che ospitava i camerini. Il gruppo era arrivato a circa metà del percorso, quando la voce di un annunciatore dichiarò in tono trionfante: «Il prossimo capo a sfilare sarà Brivido tropicale, orgoglio della Maison Altuna, indossato da Lori Morales, modella uruguayana di raro fascino!»

Il palco esplose in un boato. Larry sollevò gli occhi mentre sopra di lui la donna sgambettava in un abito decorato con disegni fluorescenti di ananas e papaie.

«Ti sei incantato?» gli chiese Agatha.

«Sono sicuro che Lori mi abbia fatto l'occhiolino» commentò lui beato.

Arrivati all'ingresso del backstage, i detective si trovarono la strada sbarrata da un'altra guardia con occhiali da sole e completo nero.

Mostrare i loro pass non lo convinse a farsi da parte.

«Spiacente, ma ho ricevuto un ordine dal signor Barnes» pronunciò. «Siete considerati persone non gradite nei camerini. Questioni di sicurezza!»

«Sicurezza un corno» strepitò Larry. «Stiamo cercando di sventare un omicidio!»

«Raccontala a qualcun altro» grugnì l'omone. «Non si passa!»

In quel momento uno strillo acutissimo attirò la sua attenzione. Sull'ingresso del tendone comparve una rossa da capogiro. Indossava solo una vestaglia di seta color ocra e sembrava terrorizzata.

«Battista, nel mio camerino c'è un ragno enorme!» piagnucolò. «Vai subito a scacciarlo, quelle bestiacce mi terrorizzano!»

La guardia rivolse uno sguardo sconsolato ad Agatha e agli altri.

«D'accordo, signorina Veronica» sospirò. «Voi non muovetevi. Torno subito.»

Poi scomparve all'interno. Dopo essersi scambiati un cenno deciso, i detective fecero lo stesso. Oltre l'ingresso c'era un corridoio foderato di moquette rossa, che si affacciava direttamente sulla passerella. Sui lati si aprivano le porte dei camerini, dove le modelle stavano indossando i loro abiti.

«Un po' di fortuna, per una volta!» ridacchiò Larry. «Ci voleva proprio.»

«Nessuna fortuna, caro nipote» disse una voce nota in tono sornione.

Davanti a loro era comparsa zia Mila e accanto a lei c'era la rossa in vestaglia.

Entrambe sorridevano divertite.

«Ho notato che avevate qualche problemino a entrare» disse la stilista. «Così ho chiesto a Veronica, una delle mie ragazze, di venire a darvi una mano!»

«Avevo dimenticato che anche la Maison Mistery avrebbe sfilato all'evento conclusivo!» disse sorridendo Romeo. «Grazie per il diversivo, mamma!»

«È il minimo per scusarmi di avervi piantati in asso stamattina» si schernì lei. «Purtroppo a volte far coincidere i tempi è impossibile!»

«A proposito di tempi... posso ricordarvi che quello di Lamberto sta per scadere?» disse Larry concitato. «Zia, più tardi ti spiegheremo tutto, ma ora puoi dirci qual è il camerino di Marina Striknova?»

La donna indicò l'ultima porta in fondo al corridoio, la più vicina alla passerella.

In un lampo il gruppo la raggiunse e si affacciò. Marina era circondata da un paio di sarti che stavano sistemando gli ultimi dettagli del suo vestito.

«Davvero notevole» commentò Mr Kent.

Blue Shell era composto da veli di scintillanti sfumature verde acqua, blu e grigio perla, che lasciavano intravedere le forme dell'indossatrice. Il tessuto era decorato da cascate di perle e frammenti di corallo rosa pallido.

Capitolo 7

«Che ci fate qui?» chiese la modella con aria scocciata. «Sto per andare in scena!»

«Ci perdoni, ma devo esaminare il suo abito prima che lei esca in passerella» farfugliò Larry impugnando l'EyeNet. «Mi basteranno pochi istanti per individuare la presenza del Black Mosquito!»

Dopodiché, sotto lo sguardo attonito dei sarti, Larry si avvicinò e passò il congegno in titanio sui veli dell'abito, come se fosse un metal detector.

«E ora, uno dei momenti più attesi della *Fashion Week*» proclamò l'annunciatore. «Entrerà in scena Blue Shell, l'ultima creazione di Lamberto Duca, che come potete vedere stasera è venuto a tenerci compagnia!»

«Spicciati, devo andare» sbottò la Striknova.

«Non ci credo!» disse Larry con voce strozzata. «L'EyeNet non rileva la presenza di alcun congegno elettronico nascosto. QUI NON C'È NIENTE!»

Marina spostò bruscamente il giovane detective e infilò la porta. Agatha e gli altri si affacciarono giusto in tempo per vederla avanzare verso l'uscita.

«Non è possibile… dove abbiamo sbagliato?» balbettava Larry.

«Aspetta, Marina!» gridò uno dei sarti raggiungendola un istante prima che lei si affacciasse in passerella. «Stavo per dimenticare il dettaglio più importante. Cavoli, Lamberto mi avrebbe licenziato in tronco!»

Poi appuntò sul petto della donna una spilla di lapislazzuli a forma di conchiglia.

«La spilla...» mormorò Agatha. «Il drone killer è nascosto nella spilla!»

In quel momento Marina Striknova partì a grandi falcate sul tappeto rosso, accolta da una raffica di flash.

«Troppo tardi» sospirò Romeo.

«E invece no!» proruppe Larry. Fu così che il giovane detective indirizzò il FlyNet verso la modella. Il drone disegnò una larga parabola e volò intorno a Marina, che aveva quasi raggiunto la fine del percorso.

Ora sullo schermo dell'EyeNet era comparsa la spilla a conchiglia.

Tutto il gruppo trattenne il fiato, mentre il congegno macinava dati.

«Ho agganciato il Black Mosquito» esclamò il ragazzo. «Sta per entrare in azione!»

Marina raggiunse il fondo della passerella e compì la sua piroetta. Il minuscolo robot assassino schizzò in alto, inquadrò la folla e sfoderò un pungiglione d'acciaio.

«Vuoi… abbatterlo con il FlyNet?» chiese Romeo concitato.

«Il mio non è un drone da combattimento, quindi ho una sola possibilità: un'azione di speronamento!» spiegò Larry senza staccare gli occhi dal video.

Il Black Mosquito piombò in picchiata sul palco d'onore, ma all'ultimo momento il FlyNet si mise sulla traiettoria mortale. Nell'impatto i due congegni precipitarono in passerella e si disintegrarono insieme in un lampo di luce tra i flash delle fotocamere.

«È stata una mossa geniale, caro cugino!» esclamò Agatha.

«Hai appena salvato la pelle a Lamberto Duca» esultò Romeo.

«In compenso ora UM60 vorrà la mia, di pelle» mugugnò il giovane detective.

Nel corridoio era scoppiato un gran trambusto. Le modelle si erano affacciate dai camerini per capire cosa stava succedendo. Sulla porta era ricomparsa la guardia, che indicò il gruppo. Con lei c'era Ted Barnes, che aveva un'espressione furibonda.

«Vi avevo detto di non farvi più vedere» strepitò. «Cosa ci fate ancora qui?»

«Abbiamo appena sventato un omicidio» rispose Agatha per le rime.

La piccola folla fu percorsa da un mormorio stupefatto. Ted impallidì.

«Ora, signor Barnes, devo chiederle di avvisare Mabel e portare qui Lamberto. Avverta la sicurezza di non fare uscire nessuno dal backstage. È il momento di rivelare non solo l'identità dell'assassino… ma anche quella della vittima designata!»

Segreti di famiglia

Trascorsi pochi minuti, il corridoio del backstage fu invaso da un gruppo variopinto di sarti, modelle e stilisti che mormoravano increduli. Marina Striknova, dopo essersi resa conto di avere corso un rischio terribile, ossia essere la complice involontaria di un omicidio, era crollata su una sedia, in stato di shock. Seguendo la richiesta di Agatha, Mabel aveva condotto lì Lamberto Duca e aveva ordinato ai suoi uomini di bloccare l'ingresso del tendone.

«Il mio aereo parte tra meno di un'ora» protestò

Lori Morales, che si era cambiata e impugnava un elegante trolley da viaggio.

«Abbiamo tutte molti impegni, non potete trattenerci!» si lamentò un'altra modella.

«E invece nessuno si muoverà finché non avremo fatto luce su questa storia» ruggì Lamberto. Poi lanciò un'occhiata torva a Barnes.

«È vero ciò che afferma il ragazzo?» domandò indicando Larry. «Volevi assassinarmi per via dei nostri diverbi su Blue Shell?»

«Ma che sciocchezze!» sbottò l'amministratore. «Dove sarebbero le prove?»

«Proprio qui» dichiarò Larry mostrando orgogliosamente l'EyeNet. «Poco fa, durante il duello aereo fra i droni, sono entrato nella memoria di Black Mosquito e ho recuperato i suoi dati. Il mio congegno li sta già elaborando e tra poco porteranno alla luce il nome di chi ha programmato quella macchina omicida: il suo, signor Barnes!»

«Menzogne!» strepitò lui, paonazzo. «Io e Lamberto abbiamo avuto… ehm, qualche incomprensione, ultimamente, certo. Ma pensate davvero che potessi ucciderlo?»

«Direi di sì, visto che questa sera, durante la conferenza stampa, Duca le avrebbe dato il benservito e avrebbe denunciato la truffa del falso tessuto ecologico, ponendo fine alla sua carriera!» lo incalzò Larry. Il gruppetto emise un brusio stupefatto. Ted guardò lo stilista con occhi sconvolti.

«Allora è vero, Lamberto… volevi licenziarmi?» balbettò.

«Ormai è inutile nasconderlo» dichiarò Duca solenne. «Ne ho abbastanza del tuo arrivismo, della tua avidità e dei tuoi sotterfugi, Ted. È arrivato il momento che riprenda in mano il destino della mia casa di moda, e affidi la sua gestione a una persona di cui sento di potermi fidare.»

«Credo che perdere il lavoro ora sia l'ultimo dei suoi problemi» ghignò Larry. «Il suo futuro è dietro le sbarre per aver progettato l'omicidio del suo superiore!»

«Quante volte devo ripetervi che non ne so niente di droni killer e di tossine mortali?» gemette lui. «Sono innocente!»

«Io ne sono convinta» intervenne Agatha serafica. «Sono sicura che le analisi dell'EyeNet la scagioneranno completamente e dimostreranno anche che Lamberto Duca non è mai stato la vittima designata del vero killer.»

Larry, Romeo e Mr Kent fissarono stupiti l'aspirante scrittrice.

«Uh-oh, ne sei certa?» domandò il ragazzo. «Eppure, da un punto di vista logico, tutto torna: Ted, che conosceva la combinazione dell'armadietto, questa notte si è intrufolato nel guardaroba e ha piazzato il drone sulla spilla. A ciò, aggiungiamo anche il fatto che aveva un valido movente per colpire! Cosa non ti convince della mia ricostruzione?»

La ragazza fece un cenno verso Mila Mistery, che stava assistendo alla scena con l'affascinante modella dai capelli rossi.

«È stata una frase casuale della zia a illuminarmi» sorrise. «Se Ted fosse il colpevole… far coincidere i tempi sarebbe impossibile!»

«Temo di non seguirla, signorina» sospirò Mr Kent.

Lei si sfiorò il nasino.

«L'omicida ha piazzato il drone sulla spilla questa notte, giusto?» spiegò. «Però, la notizia che Duca avrebbe presenziato alla sfilata risale solo a questa mattina: ricordate? Inoltre, lo stesso Lamberto oggi ha affermato che nessuno, nemmeno i suoi collaboratori più stretti, era al corrente di quella decisione. Dunque, possiamo dedurre che l'assassino avesse già deciso di colpire prima di sapere che Duca sarebbe venuto alla sfilata. Ecco perché il bersaglio designato non può essere lui.»

«Urca… non ci avevo pensato» ammise Larry percorso da un brivido.

«Infine, mi è tornata in mente una delle caratteristiche dell'Agente X-9» incalzò lei. «Quel veleno impiega circa due ore per agire. Anche se fosse stato colpito dal Black Mosquito, Duca avrebbe comunque avuto tutto il tempo di fare la sua dichiarazione prima di stramazzare colpito da un misterioso arresto cardiaco. Usare una tossina di quel tipo sarebbe stato inutile in una situazione del genere.»

«E Ted era uno dei pochi che poteva accedere all'atelier di Lamberto» intervenne Romeo. «Se proprio avesse voluto liquidarlo, avrebbe potuto agire in ogni momento. Perché complicarsi la vita in quel modo?»

«Finalmente avete capito che non sono un assassino?» sospirò Barnes, sollevato.

«In ogni caso, sei un truffatore! Quindi ti licenzierò lo stesso» ruggì Lamberto.

Larry si rigirò tra le mani l'EyeNet, che continuava implacabile a macinare dati.

«Okay, è ufficiale: non ci capisco più niente» ammise. «A questo punto chi voleva fare fuori chi? E perché?»

Senza perdere la calma, Agatha puntò l'indice proprio sull'amministratore.

«Ted non era l'assassino, ma la vittima designata»

affermò. «Sedeva proprio accanto a Lamberto, alla stessa distanza dal palco. Era lui che il Black Mosquito avrebbe riconosciuto con il suo programma, prima di avvelenarlo.»

L'uomo si irrigidì e sbiancò di colpo.

«Io... sarei la vittima? Ma non ha senso, chi avrebbe voluto farmi fuori?» gemette.

Lo sguardo di Agatha si spostò su Lori, che strinse le mani sulla maniglia del trolley.

«È stata lei a concepire questo piano, vero, signorina Morales?» chiese Agatha. «O forse dovrei chiamarla con il suo vero nome: Lorena Duca, la figlia di Lamberto!»

«Non ci credo... tu sei la piccola Lori?» domandò Ted con un filo di voce.

Lei abbassò lo sguardo. Larry si lasciò sfuggire una risatina nervosa.

«State scherzando?» balbettò. «Una figlia scomparsa? Sembra il colpo di scena di una delle telenovelas brasiliane che piacciono tanto a mio padre!»

Ma proprio in quel momento l'EyeNet emise un

trillo e, dopo aver consultato lo schermo, l'espressione del ragazzo cambiò.

«Uh-oh, a quanto pare il Black Mosquito è stato programmato in Sudamerica» disse analizzando il video. «Per essere precisi a Montevideo, in Uruguay.»

«Che è proprio il paese da cui viene Lori» ricordò Romeo.

«Non penso che serva nascondersi ancora» mormorò la giovane indossatrice. «Hai fatto centro, ragazzina. Anche se vorrei tanto sapere come sei riuscita a scoprire tutta questa storia.»

Dopo una breve pausa teatrale, Agatha ricominciò a parlare.

«L'indizio principale è stata una foto nello studio di Duca. Ha subito attirato la mia attenzione non appena l'ho vista questo pomeriggio» disse. «Era uno scatto di famiglia di circa vent'anni fa. Lamberto posava in compagnia di una bellissima donna sudamericana e una bambina di due anni, con i capelli ricci e una curiosa voglia a forma di stella sulla spalla destra.»

Agatha si rivolse alla modella.

«La stessa voglia che ho intravisto questa mattina sulla sua spalla nuda, mentre ci accompagnava alla caffetteria della Rotonda della Besana. Incuriosita da quella coincidenza, poco fa ho chiesto a Romeo di fare una ricerca sul conto di Duca. Così abbiamo scoperto che ventidue anni fa ha avuto una figlia di nome Lorena da una modella uruguayana. Una bambina di cui poi, però, stranamente si sono perse le tracce.»

«È stata sua madre a impedirmi di incontrarla» sospirò Lamberto. «Di punto in bianco ha tagliato le comunicazioni. Poi ho cominciato a ricevere lettere

di diffida dagli avvocati… dopo qualche tempo mi sono arreso. Ho accettato la loro decisione, anche se non ho mai capito il motivo di quell'assurdo comportamento.»

L'uomo guardò la ragazza con una punta di tristezza.

«Devo essere stato un padre orribile» ammise. «In quel periodo ero del tutto assorbito dal lavoro: dovevo risollevare le sorti della mia casa di moda. Forse è per questo che tua madre si è arrabbiata tanto con me.»

«Purtroppo non è andata così» disse lei scuotendo la testa. «La verità è ben peggiore.»

«Un momento…» si intromise Larry «quindi questa notte Lori si sarebbe intrufolata a Palazzo Reale? E come avrebbe ottenuto la combinazione dell'armadio?»

Agatha si chinò per accarezzare Watson.

«L'ha rubata allo stesso Barnes» spiegò. «In effetti, questa mattina avevo già visto Lori ancor prima di incontrarla di persona alla Rotonda della Besana.»

«E dove, scusa?» chiese il cugino incredulo.

«Sul giornale che sfogliavo in aereo! Era proprio lei la bella donna ritratta ieri sera con Ted durante una cena romantica. E ricordo anche un altro dettaglio di quella foto: il telefono di Barnes era appoggiato sul tavolo. Suppongo che Lori abbia approfittato di un suo attimo di distrazione per sbirciarlo e ottenere il codice per la porta blindata.»

Ted scoccò un'occhiata fiammeggiante all'indossatrice.

«E così, dopo avermi rimorchiato e portato a cena, sei tornata in piazza Duomo, ti sei intrufolata nel guardaroba e hai piazzato sul vestito l'arma destinata a uccidermi!» tuonò. «Piccola intrigante! Se solo ti avessi riconosciuta… se avessi capito che eri proprio tu la figlia di Lamberto.»

Agatha si sistemò la frangetta bionda e sfoggiò un sorriso trionfante.

«Per concludere, Lori contava sul lento rilascio

dell'Agente X-9» scandì. «Fin dal principio voleva colpire Ted alla fine della *Fashion Week* per evitare problemi. Quando lui sarebbe stramazzato, sarebbe già stata sul suo volo di ritorno per l'Uruguay. E siccome sia il veleno sia l'arma del crimine non lasciano tracce, nessuno avrebbe mai potuto sospettare di lei.»

Dopodiché, fece un cenno verso la Striknova, che era ancora accasciata sulla sedia.

«Per fortuna questa notte Marina è rientrata al guardaroba per un imprevisto e l'ha sorpresa mentre nascondeva il drone. Nella concitazione della fuga, Lori ha lasciato cadere la fialetta vuota del veleno. Se non avesse commesso quell'errore, il suo piano non sarebbe mai stato smascherato.»

Lorena Duca aveva gli occhi lucidi e un'espressione furiosa.

«Ma… ma perché lo ha fatto?» domandò Larry. «Perché uccidere Barnes?»

«Suppongo che dietro il repentino allontanamento di Lori da suo padre ci sia proprio il suo zampino» spiegò Agatha. «Del resto è proprio in quel periodo che Ted era stato assunto dalla Maison Duca.»

«Proprio così!» esplose l'indossatrice. «Vent'anni fa Ted si era appena insediato, ma aveva già grandi mire: prima o poi sarebbe diventato lui il capo. Quindi io, l'erede di Lamberto, ero diventata un problema. Pur di separarmi da lui e tenermi fuori dai giochi, arrivò a pagare a sua insaputa una cifra astronomica a mia madre.»

Lamberto spostò gli occhi dalla figlia all'amministratore.

«È vero?» chiese turbato. «Sarebbe un tradimento inqualificabile!»

Ted Barnes non rispose, livido di rabbia.

«Anch'io sono cresciuta nel mondo della moda, fino a diventare top model» sospirò Lori. «Un giorno, però, ho scoperto di essere la figlia di Lamberto, spodestata dalle macchinazioni di quel verme. Così ho deciso di architettare la mia vendetta. Avrei liquidato Ted senza destare sospetti e poi, una volta calmate le acque, sarei tornata in Italia e mi sarei presentata da mio padre per reclamare ciò che mi spetta di diritto: la direzione della Maison Duca!»

Nel backstage era sceso un silenzio irreale, rotto solo dai singhiozzi di Lori.

Lamberto la fissò con occhi tristi.

«Figliola, non serviva organizzare un omicidio» disse con voce tremante. «Sapevo benissimo del tuo arrivo a Milano sotto mentite spoglie. Per vent'anni ho continuato a seguire a distanza tutte le tue imprese, sai? Nella conferenza stampa di stasera non solo avrei confessato la verità su Blue Shell e licenziato Barnes, ma avrei anche annunciato la mia intenzione di lasciare a te le redini della mia *maison*.»

«Ironia della sorte» mormorò Mr Kent.

Un paio di colleghe si erano avvicinate a Lori per consolarla. Fuori dal tendone il lampeggiante blu di un'auto della polizia illuminava le ombre della sera.

Epilogo: Missione compiuta

Un paio d'ore dopo Agatha, Larry, Mr Kent e Watson erano nel dehor di uno dei localini affacciati sulla Darsena. Insieme a loro c'erano anche Romeo e zia Mila. Con l'arrivo dell'ora dell'aperitivo la zona dei Navigli si era riempita di una folla frenetica che sciamava da un cocktail bar a un ristorantino alla moda.

«Che storia incredibile» commentò Mila Mistery quando la nipote finì di raccontarle gli eventi di quella giornata. «Una vendetta degna di un dramma di Shakespeare nel cuore della Settimana della Moda!»

«Un titolo perfetto per il mio nuovo articolo, mamma!» si illuminò Romeo, che aveva appena finito di posare per un selfie con una coppia di ammiratrici. «Questa sera mi metterò al lavoro: i fan di *Mistery's Fashion* ne andranno matti.»

«L'importante è che Barnes sia salvo e che il nostro intervento abbia impedito a Lori di commettere il più grave errore della sua vita» commentò Agatha. «Certo, le accuse sulla sua testa sono gravi, ma il piano è andato in fumo e nessuno si è fatto del male. Suppongo che se la caverà con una pena accettabile. E chissà, forse dopo averla scontata, potrà davvero succedere al padre alla guida della *maison*.»

Dopodiché guardò Larry, che per tutto il tempo era rimasto mogio e silenzioso, mentre il ghiaccio nel suo bicchiere di aranciata si scioglieva lentamente.

«Non è il caso di fare quella faccia, caro cugino» disse. «Anche a me è spiaciuto smascherarla, visto che avevi una cotta per lei.»

«Eh? Cosa?» trasalì il ragazzo. «Figurarsi, non è per quello che ho il morale a terra!»

Poi mostrò agli altri una scatoletta bruciacchiata da cui spuntava un'elica.

«Questo è tutto quello che è rimasto del FlyNet» disse cupo. «Ripararlo è impossibile, stavolta. Ho bisogno di un piano, se UM60 lo scopre sono fritto!»

«Cos'è che non dovrei scoprire, LM14?» domandò una voce nota. Il professore di Pratiche Investigative era comparso accanto al tavolo dei detective.

D'istinto Larry nascose il rottame del drone dietro la schiena e fissò il suo superiore come se avesse visto un fantasma.

«M... ma cosa ci fa lei qui?» sussurrò.

«Ho risposto alla sua richiesta» sbuffò lui. «Oggi ho ricevuto il suo messaggio di allarme, in cui farneticava di un tentato omicidio, e così ho deciso di salire sul primo volo per Milano e prendere in mano la situazione personalmente. Ho cercato di ricontattarla per tutto il pomeriggio, ma il suo EyeNet risultava scollegato. Molto male, detective, molto male.»

«Uh-oh, ieri ho installato i software per pilotare il

FlyNet» rammentò Larry sudando freddo. «Poi ho scaricato l'intero contenuto del computer di Duca, e infine i dati del Black Mosquito. Temo che la memoria dell'EyeNet si sia sovraccaricata! Ma allora... scusi, come ha fatto a rintracciarmi?»

«Che domande» disse lui prendendo posto al tavolo. «Ha dimenticato che sono il miglior detective della Eye International? Posso rintracciare chiunque e ogni volta che voglio. Allora, vuole spiegarmi in che guaio si è infilato questa volta?»

«Larry è stato un vero eroe» intervenne Agatha. «Grazie alla sua prontezza di riflessi, ha impedito a un'assassina di portare a termine la sua spietata vendetta.»

«Sua cugina ha ragione?» domandò l'insegnante scrutando Larry dubbioso.

Lui stirò un sorriso imbarazzato: «Be'... in effetti sì. Anche se, ecco... c'è una cosa che dovrei dirle a proposito del FlyNet».

UM60 fece un gesto annoiato.

«Giusto, stavo quasi per scordarmelo» disse. «Questa

mattina ho ricevuto un messaggio dei capi dell'agenzia. Dopo aver riflettuto a lungo, hanno entrambi deciso che non ci si può fidare dei droni per le operazioni investigative. Se dovessero essere abbattuti diventerebbero una pericolosissima fonte di informazioni per i nostri avversari, che tramite loro potrebbero risalire a dati top secret dell'agenzia. Non possiamo consegnare

una tecnologia così delicata ai nostri agenti... specie a quelli del tutto inaffidabili come lei!»

Larry emise un rumoroso singulto.

«Per farla breve, il programma FlyNet è stato annullato fino a nuovo ordine» spiegò il suo insegnante. «So che le spiacerà, LM14, ma devo chiederle di riconsegnarmi il prototipo. Lo spedirò ai ragazzi del Dipartimento Ricerche perché lo distruggano.»

«Credo che non sia... ehm, nemmeno necessario» balbettò Larry.

Poi mostrò al superiore i resti anneriti del drone.

UM60 sollevò un sopracciglio.

«Posso spiegarle tutto!» esclamò Larry disperato.

«Lo farà nel suo rapporto» commentò l'uomo in tono sconfortato. «Mi è bastato parlare con lei per cinque minuti e sono già esausto. Quindi, tutto quello che desidero adesso è ordinare un aperitivo e poi godermi questa frizzante serata milanese.»

Dopodiché, sollevò un braccio per chiamare il cameriere.

INDICE

Agatha Mistery

1. L'enigma del faraone
2. La perla del Bengala
3. La spada del re di Scozia
4. Furto alle cascate del Niagara
5. Omicidio sulla tour Eiffel
6. Il tesoro delle Bermuda
7. La corona del Doge
8. Missione safari
9. Intrigo a Hollywood
10. Crociera con delitto
11. Il ritratto senza nome
12. Indagine a Granada
13. Sfida sulla Transiberiana
14. Caccia al tesoro a New York
15. Il segreto di Dracula
16. Destinazione Samarcanda
17. Operazione giungla
18. Complotto a Lisbona
19. Sulle tracce del diamante
20. Trappola a Pechino
21. Rapina sul Mississippi
22. Doppio inganno a Oxford

    Festa in giallo a Mistery House (*edizione speciale*)
23. Il codice dei ladri
24. Vendetta sul monte Fuji

    Giro del mondo in cinque misteri (*edizione speciale*)
25. Imprevisto a Barcellona

    Paura al Mistery Hotel (*edizione speciale*)
26. Pericolo ai tropici

    L'isola fantasma (*edizione speciale*)
27. Crimine a Vienna

    Assassinio a Londra (*edizione speciale*)
28. Il vichingo scomparso
29. Minaccia a Milano

I MISTERY

1
Zia Melania
2
Zio Raymond
3
Nonno Godfrey
4
Scarlett
5
Gaspard
6
Zio Conrad
7
Marco
8
Haida
9
Zio Bud
10
Zio Samuel
12
Zio Manuel
13
Zio Jack
Zio Algern
28
4
14
9
21
6
17
3
22
19
5
25
18
12